토
끼
와

빨
래

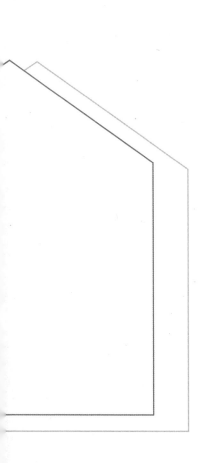

토
끼
와
빨
래

임규찬 지음

함향

토
끼
와
빨
래
를
발
행
하
며

발견의 시대와 환대의 도시에 이어 세 번째 책을 발행하게
되었습니다. 토끼와 빨래는 일상생활의 이야기입니다.
저는 첫 번째 에피소드에서 공감이 되었습니다.
'토끼는 세상 모든 사람들에게 상냥하다. 그러나 이 세상
단 한 사람, 남편인 나에게는 거칠고 단호하기 그지없다.'

원고를 읽는 동안 아련한 기억들이 새록새록 했고, 입가에 미소가 지어졌습니다. 히죽히죽 웃음이 나기도 했습니다. 기발함을 느꼈고, 삶의 의미를 다시 생각하기도 했습니다. 아련한 추억에 잠겼고, 더 나은 사회를 위한 정치를 생각했습니다. 진한 여운이 있었고, 왠지 모를 용기가 솟아나기도 했습니다.

일상의 이야기와 인간이 지녀야할 가치와 정의, 상식을 유머러스하게 결합한 작가의 수준 높은 사고와 솜씨를 엿볼 수 있을 것입니다. 독자 여러분들도 함께 느끼고 공감했으면 합니다.

지은이와의 10년 동안의 시간을 회상해봅니다. 그는 글과 삶이 붙어있는 사람입니다. 그리고 점점 더 좋은 사람이 되어가고 있습니다. 덕분에 저 역시 그렇게 되어가고 있는 것 같습니다.

대중교통에서 가볍게 펼치는 책이 되면 좋겠습니다. 재밌고 행복한 가정생활과 미소와 감동, 여운, 추억에 젖는 시간이 된다면 더 없이 기쁘겠습니다. 감사합니다.

발행인 유인경

● 목차

1장.
시를
쓰세요

나에게는 토끼 같은 자식이 아니라 토끼의 탈을 쓴 다혈질 아내가 있다. 사람들은 말한다. 저렇게 괜찮은 언니가 왜 저런 아저씨하고 사냐고. 그랬다. 나는 날씬했던 적이 없 다. 다 성장하고 보니 키는 작고, 얼굴은 크고, 배는 나와 있었다. 게다가 다리는 짧고 굵었다.

토끼는 세상 모든 사람들에게 상냥하다.

그러나 이 세상 단 한 사람, 남편인 나에게는 거칠고 단호하기 그지없다. 12년 전 아들놈이 태어났다. 지금 생각해보니 그 순간이었던 것 같다. 내가 유기견이 된 시점이. 그러나 어리석은 나는 여전히 애완견 행세를 함으로써 폭풍과도 같은 짜증과 화를 자초하곤 했다. 어린놈과는 경쟁 자체가 안 되었다.

어느 봄날 늦게까지 운동을 하고 집에 들어서니 10시가 넘었다. 문을 열고 들어서자마자 토끼가 환한 얼굴로 나를 맞아주는 것이 아닌가. 이 시간대의 토끼는 자고 있거나, 어린놈을 옆에 끼고 드라마를 보고 있는 것이 정상적인 패턴이었다.

나는 집은 넓어야 한다고 생각한다. 중년의 유기된 남자에게는 숨을 수 있는 공간이 필요하다. 집에 일찍 들어가 집사람 눈에 띄는 것은 투수가 타자에게 안타를 맞기 위해 애쓰는 것과 같은 짓이다. 모름지기 투수는 타자를 압도하든지 아니면 도망 다니든지 둘 중 하나를 선택해야 한다. 자신이 코너 워크 되는 150km를 던지지 못하는 투수라면 도망다니는 게 상책이다.

남자와 여자는 나이가 들어갈수록 다르게 분화하는 동물이라는 생각이 든다. 중년에 이르면 마침내 다른 종이 되어 서로가 서로에게 낯설어지는 게 아닌가 하는 의심이 짙다. 중년의 남자와 여자가 원숭이들이 서로 이 잡아 주는 것과 같이 오손 도손 사는 것은 매우 희귀한 경우라 할 수 있다. 짧은 시간 동안은 좋을 수 있지만 시간이 길어지면 남편은 아내를 이길 수 없다. 아내는 집요하다. 게다가 내부에서는 테스토스테론이 용솟음을 치고 있다. 남편은 재빨리 치고 빠지는 전략을 사용해야 한다.

대화를 많이 하다보면 자연스럽게 돈 얘기가 나오고 그러면 "당신이 이렇게 돈을 못 벌줄 꿈에도 생각지 못했다", "친구 남편은 잘도 버는데 당신은 왜 그 모양이냐", "돈 안되는 짓하고 다니지 말고 돈 벌 궁리나 좀 해라" 등과 같은 말은 장대비처럼 쏟아져 나올 수밖에 없다.

어제는 돈 얘기를 지나 빨래이야기까지 나아갔다. 빨래를 왜 빨래바구니에 넣지 않느냐는 꾸짖음에 대해 나는 어떠한 대꾸도 하지 못했다.

내가 생각해도 이상한 현상이기 때문이다. 나는 빨래가 빨래바구니에 넣어지지가 않는다. 화장실 앞에 수북이 쌓여 있으면 걸리적거리고 지저분하고 심지어 땀에 전 냄새까지 나지만, 나는 빨래가 빨래바구니에 넣어지지 않는다.

궁리를 했다. 그래서 생각해 낸 것이 순진한 아들놈을 이용하는 것이었다. 아들놈에게 빨래를 빨래바구니에 넣는 것이 자신의 일이라는 사실은 수차례 주지시켰다. 나는 나의 문제해결 능력에 대해 뿌듯해 했다.

그러나 어린놈은 내 핏줄이었다. 토끼가 나에게 그토록 얘기해도 되지 않았듯이, 아들놈 역시 빨래를 빨래바구니에 넣는 법이 없었다. 어린 수컷의 세계에서 빨래를 빨래바구니에 넣는 일 따위는 전두엽의 어느 한 곳에도 새겨질 수 없는 것이었다. 나는 빨래에 관한 한 어린놈을 비난할 생각이 없다. 이 어린놈 뒤에는 토끼가 있지 않은가! 감당 못할 역공을 맞는 것보다는 어린놈을 건드리지 않는 것이 현명한 처사이리라.

빨래 얘기가 길어졌다. 결론을 말하자면 아내와 오랜 시간을 붙어 있는 것 그리고 오랜 시간 대화를 나누는 것은 중년의 남자에게 결코 이로울 것이 없다. 마지막에는 치명적인 약점인 돈과 관련된 얘기나 잘난 친구 남편 혹은 옆집 아저씨와 비교를 당하는 것으로 귀결될 수밖에 없기 때문이다.

내가 선택한 방법은 컴퓨터가 있는 방에서 몰입으로 들어가는 것이다. 자연의 세계에서 수컷들이 오줌으로 자신의 영역을 표시하듯 나는 몰입으로 나의 영역을 표시한다. 깊게 몰입할수록 토끼의 방해를 덜 받을 수 있다.

그러나 결정적인 또 하나의 문제가 남아있다. 목소리가 들린다는 점이다. 나를 찾는 토끼의 목소리는 예외 없이 뭘 시키기 위한 것이다. 노예근성이 붙어서인지 아니면 용기가 없어서인지 그것도 아니면 잘못에 대한 뉘우침의 성격인지 토끼의 목소리를 무시하기란 불가능에 가까운 일이다. 목소리가 안 들릴 정도의 넓은 저택이 나에게는 간절하다.(2013년)

내비게이션은 목적지에 도착했다고 했다. 우리는 어느 황량한 벌판에 버려져 있었다. 이야기도 그것과 비슷한 것 같다. 유기된 생활을 오래 하다 보니 중심에 집중하지 못하는 것이 습성이 되었나 보다. 중심을 잃지 않는 방법은 부단한 점검뿐이다. 어리석은 게 인간이라고 토끼가 환한 표정으로 내 품으로 슥 들어오는 순간 나는 착각했다. 혹 내가 다시 애완견이 된 것이 아닐까 하고.

한때 토끼는 나에게 참으로 상냥했다. 나를 바라보는 눈에는 애정이 그득했다. 토끼의 밝은 미소와 기쁨에 겨운 깡충거림은 무거운 나를 가볍게 했다. 사기 열전에 나오는, 웃지 않는 절세미인인 포사의 웃음을 보기 위해 유왕이 봉화놀이를 하다가 나라가 망했다는 얘기처럼 나도 토끼의 미소와 웃음을 위해 개그를 했다.

두꺼워서 힘쓰는 역할에 어울리는 내가 개그를 했다는 말을 믿지 못하겠지만, 그때는 정말 그랬다. 비록 한참 후에 "지금 생각하면 별로 웃기지도 않는 짓인데 그때는 왜 웃었지?" 라는 토끼의 변절이 있었지만. 이 대목에서 나는 토끼에게 준엄한 충고를 하고 싶다. 역사를 결코 현재의 관점에서 해석해서는 안 된다고.

어쨌거나 그 시절 토끼는 내 얘기를 경청했고 나의 희망과 꿈들을 자기화하면서 행복해 했다. 말로 행복할 수 있었고, 말로 때울 수 있었던 시절이었다. 비대하고 게으르고 그래서 잠을 좋아하고 운전을 싫어하는 나에게 몸을 움직이지 않고 말로 모든 걸 해결할 수 있다는 사실은 큰 다행 이었다.

그 뿐인가. 근엄한 표정만으로도 토끼는 나의 기분을 살폈다. 지금 생각해 보면 그때 토끼는 우아하고 아름다웠다. 참 좋은 시절이었다.

아들놈이 세상에 나온 얼마 후 토끼는 내게 다리가 왜 그리 짧냐고, 머리는 또 왜 그렇게 크냐고, 배는 언제 그렇게 나왔냐고 따져 물었다. 나는 원래 다리가 짧았고, 원래 머리가 컸고, 원래 배가 나와 있었다고 대답했다.

나의 외모가 토끼 눈에 객관적으로 보이기 시작했던 그때부터 토끼는 손아섭과 같은 타자가 되었고 나는 방수원과 같은 투수가 되지 않았나 짐작된다.(방수원 : 우리 프로야구사에서 최초의 노히트노런을 달성한 변화구 위주의 해태타이거즈 투수) 누군가의 말마따나 그때 다리가 길다고, 머리가 작다고, 배가 없다고 버텼어야 했다는 아쉬움은 아직도 진하게 남아 있다.

토끼는 지금 내 얘기를 흘려듣거나 잘 듣지 않는다. 듣는다 해도 혹 얘기 속에 자기 의견과 다른 게 있으면 준엄하게 나를 몰아세운다.

사실 논리로 싸우면 결코 지지 않겠지만 싸움이 어디 논리로 하는가? 토끼는 겁이 없어졌고 깡은 세졌다. 더구나 상대는 이 세상에서 미워하는 단 한 사람, 돈과 관련된 치명적인 약점을 가지고 있는 남편인 내가 아닌가! 역시 장기전으로 가면 나는 토끼를 도저히 이길 수 없다.

이때는 재빨리 토끼가 좋아하는 화제인 장동건이나 정치 얘기 쪽으로 말을 돌려야 한다. 그런데 여기서 주의해야 할 점은 당황해서 화제를 전환한다는 인상을 주지 않아야 한다는 사실이다. 만약 부자연스럽게 말을 돌리면 원래의 논쟁으로 다시 돌아가 더 큰 곤욕을 치르게 되므로 떨리더라도 의연하고 자연스럽게 대처해야 한다.

말이 나온 김에 나 같은 치명적인 약점을 가지지 않은 분의 억울한 사연 하나를 소개하고 지나가야겠다. 70대 초반의 중소기업 경영자인 그 분은 첫 만남에서 '참 맑다'라는 인상을 주었고, 오랜 시간 대화 후에는 '참 깊다'라는 느낌을 주었다. 물론 돈의 속박으로부터도 벗어나 있었다.

이 분과의 대화 주제는 주로 우리 경제의 현황이나 정부정

책 그리고 올바른 삶과 종교에 관한 것이다. 나는 자부
한다. 내용과 형식면에서 최고 수준의 대화라고. 그러던
어느 날 가정사 얘기가 나왔고 결국 그 맑고 깊은 분의
입에서 "우리가 어디가 모자라서 이렇게 삽니까? 다 평화
롭게 살자고 그러는 거지."라는 말이 나왔다.

'평화로운 삶' 그게 핵심이었다는 사실을 그때 알았다. 비록
노신사의 쓸쓸함을 보고 말았지만 나는 혼자가 아니라는
깊은 동지애로 맘이 뜨거워졌다. 맑고 깊어서 크게만
보였던 노신사가 현실의 크기로 다가왔다. 또 나이와
치명적인 약점은 중년 이후의 남자와 여자관계에서 중요
한 사안이 아니라는 사실도 알게 되었다.

어차피 그렇게 되기로 되어 있었던 것이다. 어차피 그렇게
되기로 되어 있는 것인데 그것에 대해 반기를 들고 저항
하는 것은 늪에 빠져 허우적거리는 것과 같은 짓이다. 늪에
빠졌을 때 발버둥을 치면 더 빨리 가라앉을 뿐이다. 구조
대가 올 때까지 숨죽이며 기다리는 것이 최선이다. 사람과
사람이, 집단과 집단이 평화롭게 사는 것, 현명한 사람의
길을 가자고 나는 다시 한 번 마음을 다잡아 본다.(2013년)

새로운 능력들이 필요한 시대다. 야식을 먹지 않을 능력,
SNS를 하지 않을 능력, 건강에 대해 과도한 걱정을 하지
않을 능력, 소비하지 않을 능력, 인정욕망에 시달리지 않을
능력 그리고 말을 적게 할 수 있는 능력, 말을 들을 수 있는
능력 등등.

나에게는 충실한 조언자들이 몇 있다. 가정사에 대한 문제

가 그 어떤 것이든 몇 초 안에 명쾌한 해결책을 제시해 준다. 비록 몇몇 박살난 사례가 있기는 하지만 대체로 나는 이 조력자들의 조언을 충실히 따르는 편이다. 나는 그들을 천재라고 생각한다.

천재 조력자들의 '나는 모른다. 그럴 리가 없다. 이건 뭔가 잘못 되었다. 단, 이 세 마디 말 외에는 어떠한 말도 해서는 안 된다.'와 같은 조언은 정말이지 주옥과도 같다. 빠져 나올 수 없는 증거를 가지고 심문하는, 절대적으로 불리한 국면에서 이 세 마디는 절묘한 타개책이 아닐 수 없다. 조훈현과 이창호, 이세돌이 바둑계의 최고수라면 나는 이들을 우리 업계(중년 이후의 가정생활)에서 최고의 반열에 오른 사람들이라 말하고 싶다.

얼마 전 천재 조력자들과 점심 식사 후 '어떻게 하면 중년의 남편이 부인의 압박과 통제를 덜 받으며 살 수 있을까?'라는 주제로 열띤 토론을 벌였다. 첫 번째 조력자는 술을 많이 먹은 후 현관문을 열고 들어서는 순간 철퍼덕 쓰러지자는 아이디어를 냈다.

곧이어 두 번째 조력자는 거기서 한 발짝 더 나아가기를 주장했다. 쓰러진 후 상사의 욕을 해대며 싸우는 잠꼬대를 해야 한다고 덧붙였다. 다시 첫 번째 조력자는 싸우다가 사표 얘기를 꺼내는 것이 어떠냐는 아이디어를 냈다.

바람이 많은 추운 겨울이었지만 나는 훈훈함을 느꼈다. '이 세상의 어떠한 어려움도 극복할 수 있겠다'라는 자신감이 가슴에서 용솟음쳤다. 그리고 다시금 천재 조력자들의 조언을 되뇌었다.

'나는 모른다. 그럴 리가 없다. 이건 뭔가 잘 못 됐다. 그리고 철퍼덕' (2013년)

뭐가 다르노?

쓸쓸함에 맞서는 것은 어울림이다.

"밥 사 주이소!"
"뭐 묵고 싶노?"
"소고기!"
"점심을 소고기로 묵는다 말이가? 너무한 거 아이가?"
"너무 하기는예. 같이 묵어 주는 건데 영광으로 알아야
지예!"
"니 그래 당당한 거하고 위안부 합의한 거하고 뭐가 다
르노?"

"지금 다이어트 중이예요."

"그기 나하고 뭔 상관인데?"

"알고 계시라고예."

"니가 그래 말하는 거하고 누가 책상 두들기는 거하고 뭐가
다르노?"

"일 좀 하세요 일 쫌!"

"일 다 했는데."

"그라면 내 좀 도와주면 되겠네."

"내가 와?"

"도와주고 싶어 하는 것 같아서."

"니가 그래 말하는 거하고 창조경제하고 뭐가 다르노?"

"남자들이란 도대체...."

"와?"

"와 사람 말을 안 듣는지...."

"뭔 말?"

"깨끗하게 씻고 좀 댕기라 그래 얘기해도...."

"니가 그래 말하는 거하고 국정교과서하고 뭐가 다르노?"

"얼굴이 와 글노? 이마가 엉망이네."

"자고 나니까 이렇네예. 푹 잤는데 와 이 모양이지?"

"노화현상 아이가?"

"앞으로 안 놀 거예요!"

"니가 그래 말하는 거하고 국회의원 공천하는 거하고 뭐가
다르노?"

"니 너무 신나게 노는 거 아이가?"

"노래방에서 얌전빼는 거 좀 글치 않나요 호호호..."

"니 돈 아니라고 막 시키는 거제?"

"쩨쩨하기는...."

"니가 그래 하는 거하고 한복쇼하고 뭐가 다르노?"

"어디 갔다 왔노?"

"내한테 너무 관심 많은 거 아입니까?"

"니가 보고 싶어 그랬겠나? 일 쫌 하자 일!"

"핑계는.... 젊은 놈이나 나이든 분이나.... 예쁜 기 죄다
죄!"

"어디서 봉창 뚜덜기노. 니가 그라는 거하고 7시간하고
뭐가 다르노?"

"사무실에서 잠 좀 그만 자세요!"

"국가와 국민을 생각한다고 어제 잠을 못 잤다."

"내나 좀 잘 챙기 주이소. 나는 뭐 국민 아입니까!"

"니는 수많은 남자들이 챙긴다이가."

"그건 그거고!"

"니가 그라는 거하고 빨간 옷 입은 공주하고 뭐가 다르노?"

"잘 산다는 기 뭐고?"

"그걸 와 내한테 묻는데예?"

"똑똑하니까."

"내한테 와 이랍니까?"

"니하고 누구 무식한 거하고 뭐가 다르노?"

"그래 술 묵고 댕기면 돈이 배기 납니까?"

"내 금수전데."

"그라면 내한테 선물 같은 것 좀 주든가?"

"내가 와?"

"돈 없으니까 빼는 거 아입니까? 금수저 아니죠?"

"니가 그래 얘기하는 거하고 민생 얘기하는 정치인하고 뭐가 다르노?"

"고맙다."

"뭘 예"

"우쨌튼 고맙다."

"말해 주이소. 뭔데예?"

"못한다. 절대."

"쳇, 남자들은 모두 도둑 아니면 짐승이라 카더만...."

"니가 그래 말하는 거하고 국민 건강을 위해 담배값 인상한
거하고 뭐가 다르노?"

"눈 함 크게 떠봐라."

"놀랄낀데예."

"와?"

"너무 크고, 이뻐서!"

"니가 그라는 거하고 국민을 빨갱이라 하는 거하고 뭐가
다르노?"

"피부는 타고 나야죠."

"그래서?"

"피부는 타고 나는 거라니까요!"

"그래서 그기 우쨌다고?"

"나 참 답답해서..."

"내가 더 글치."

"아무튼 피부는 타고 나는 거랍니다."

"니가 그래 말하는 거하고 말뿐인 정치인하고 뭐가 다르노?"

"니 꼭 누구 같다."

"와 내 참 살다살다 이런 모욕은 처음입니다."

"내가 뭐 사실이 아닌 거 얘기했나?"

"그라면 그기 사실입니까?"

"어."

"와 진짜...."

"니가 그라는 거하고 레이저 쏘는 거하고 뭐가 다르노?" (2016년)

여자는 우월하다

부분이 전체는 아니지만 부분이 전부일 수는 있다. 질책을
받았다. TV와 인터넷을 바꾸기 위해 기사가 왔는데 그
앞에서 얼쩡거리지 않고 책을 봤다는 것과 화장실 불을
끄지 않는다는 것 때문이다. 꾸중을 들으면서도 '여자의
입장에서 남자를 보면 얼마나 답답할까?' 라는 생각이 들
었다. 나름 눈치도 있고 책도 좀 봤지만 그것으로 여자의
질책을 피해나가는 것은 어림도 없는 일이다.

여자는 우월하다. 호르몬적으로 그렇다. 그래서 힘이 셀 필요가 없다. 반면 남자는 미숙하다. 그래서 힘이 세다. 여자는 차분하게 인내한다. 남자는 조급하게 실수한다. 인내는 시간을 자기편으로 만든다. 시간을 자기편으로 만드는 것은 협상의 전략에서 가장 중요한 요소다. 그것은 일상생활에서도 마찬가지다. 여자와 남자의 차이는 호르몬에서 기인한다. 여성호르몬 에스트로젠은 안정성을 지향하는 반면 남성호르몬 테스토스테론은 들뜸을 지향한다.

여자는 우월하다. 뇌과학적으로 그렇다. '뇌는 정보성 이야기보다 다른 존재의 마음을 담은 이야기를 더 좋아한다. 이야기란 마음을 주고받는 행위다. 수다를 떨었을 때 인지능력이 올라가고 전전두엽이 더 활성화된다. 전전두엽은 마음을 부여하거나, 미래를 예측하는 능력, 절제하는 능력과 깊은 관련이 있다. 인간은 수다 떨고 놀 때 머리가 좋아진다. 인간의 뇌는 본능적으로 다른 존재와 소통하기 위해, 마음을 주고받기 위해 끊임없이 이야기를 지어낸다. 그게 뇌가 작동하는 방식이다. 이야기는 인간의 본능이다. 잘 들어주면 상대가 말을 더 잘 하게 된다.'(프레시안 기사)

여자는 우월하다. 진화론적으로 그렇다. 호모사피엔스 20만년의 역사 중 농경은 일 만년에 불과하다. 19만 년은 수렵과 채집의 시간이었다. 우리 안에는 수렵채집인의 유전자가 결정적인 역할을 한다. 생존을 위해 분투했던 인류의 역사에서 남자들은 사냥을 했고 여자들은 채집을 했다. 남자들에게는 우월함을 증명하는 것이 중요했지만 여자들에게는 함께 어울리는 사회성이 중요했다. 남자가 적대적 성향이 강하고, 여자가 상호성이 강한 것은 우연이 아니다.

남자들은 힘의 우위로 주도적인 위치에 군림할 수 있었지만 상황은 변했다. 과학기술의 발전은 인간을 고된 노동으로부터 해방시켰다. 다양한 직업들이 생겨났지만 모두 힘쓰는 일과는 거리가 먼 것들이다. 차분함과 인내심을 요하는 직업이 대부분이다. 우아한 사회는 더 이상 남자의 힘에 의존하지 않게 되었다. 바야흐로 인류사는 여자의 시대가 된 것이다.

혹 나를 페미니스트로 보는 사람이 있을 것이다. 그러나 나는 그것과 거리가 멀다. 한때 나는 여자를 이해할 수 없었다.

마트에서 똑같은 물건을 앞에 두고 오랜 시간 고민하는 것이나, 외출하는데 걸리는 시간이나, 수시로 변하는 감정이나, 엘리베이터에서 처음 만난 사람과 자연스럽게 대화하는 것이나, 싫어하는 사람일지라도 반갑게 맞이하는 것이나 등등. 이제야 그것들이 우월함의 표현이었다는 사실을 알게 되었다. 나는 무지몽매한 어리석은 남자일 뿐이다.

최근 내 주장을 뒷받침하는 기사가 하나 있었다.
'영국에서 진행한 한 연구에서 여성은 철드는 나이가 평균 32세인 것에 비해 남성은 11년이나 늦은 43세인 것으로 나타났다. 40%의 여성들은 남성 파트너의 미숙함이 관계 속에서의 재미를 선사하고, 신선함을 유지하고 있다고 보는 것으로 알려졌다.

한편 미성숙 판단의 기준에는
* 방귀와 트림으로 장난치는 것
* 새벽 2시에 야식을 시켜 먹는 것
* 비디오 게임하는 것
* 과속 운전하거나 고속도로에서 다른 차량과 경쟁하는 것

* 예의 없는 말 하는 것
* 시끄러운 음악을 틀고 운전하는 것
* 짓궂은 농담하는 것
* 게임이나 스포츠에서도 아이에게 양보하지 않는 것
* 연인과의 논쟁 속에서 말을 하지 않은 것
* 간단한 요리도 못 하는 것 등이 포함돼 있다.'

결국 대부분의 경우 철든 여자가 철 안든 남자와 살고 있다는 말이 된다. 참고로 역도는 위 기준 10개 중 7개가 해당되었다. 아직 철들려면 한참 멀었다는 얘기다. 나는 2개 정도 해당되었다. 토끼는 해당되는 항목이 없었다. 철 안든 나이 많은 남자와 철 든 어린 여자. 토끼는 이미 오래전부터 나를 훤히 내려다보고 있었던 것이다.

대부분의 남자들에게 해당 항목이 줄어드는 것은 노화현상과 관계가 있는 것으로 생각된다. 힘이 떨어지기 때문에 밤늦게까지 깨어있기 어렵고, 자연히 야식을 안 먹게 되고, 게임도 적게 하게 된다. 또 힘이 떨어지기 때문에 짓궂은 농담도 줄어든다. 남자가 철이 든다는 것은 에너지의 부족 혹은 고갈일 가능성이 높다. 서글픈 현실이다.

여자는 우월하다. 이것은 팩트다. 그 사실 앞에서 '나는 모른다. 그럴 리가 없다. 이건 뭔가 잘못 되었다.'를 외치며 버티는 것은 4대강사업이 수질보호를 위한 일이었다고 우기는 것과 같은 짓이다. 우리 안에서 우리를 움직여가는 사실들을 인정하고 숙연하게 받아들여야 한다. 불필요한 감정 소모와 갈등과 분쟁이 없는 평온한 세상, 여자 말 잘 듣기는 필수 덕목으로 부상하고 있다.(2013년)

30년지기 친구

불안할 때는 자유를 의심해 봐야 한다. 30년 지기 친구가 있었다. 그 둘은 20살 이후 줄기차게 술을 마셨다. 어느 날 30년 지기 친구 둘은 최근에 알게 된 또 다른 친구 한 명과 술을 마시게 되었다.

각자 술병 하나씩을 앞에 두고 자기 술잔에 술을 채웠다. 상대의 술잔에 술을 채워주거나 잔을 돌리는 행위는 그들

사이에 없었다. 20년 넘게 술을 마시면서 그들에게 불필요한 동작은 남아 있지 않았다.

"한잔하자."

"캬!"

각자의 술잔에 술을 채웠다. 초저녁이라 술집엔 다른 손님은 없었다. 술 따르는 소리와 안주 만드는 주방의 소리만이 간간이 들렸다. 30년 지기 한 놈은 고개를 왼쪽으로 돌려 메뉴판을 보았고, 또 다른 한 놈은 오른쪽으로 고개를 돌려 달력을 보았다. 한 놈은 메뉴판을 위에서부터 죽 훑어 나갔고, 또 다른 한 놈은 달력의 비키니 여인의 몸매를 훑었다.

새 친구는 담배 불을 댕겼다. 옆을 보니 한 놈은 왼쪽을, 또 다른 한 놈은 오른쪽을 보고 있었다. 서로 외면하고 있는 그들을 보고 둘이 싸웠을 것이라 짐작했다. 새 친구는 고개를 위로 젖혀 천장을 향해 담배 연기를 뿜었다.

메뉴판을 다 읽은 한 놈이 우측으로 고개를 돌렸다. 달력을 보던 다른 한 놈 역시 몸매 감상을 끝낸 후 좌로 고개를 돌렸다. 눈이 마주쳤다. 남자와 여자라면 그윽하거나 혹은 이글거리거나 둘 중 하나겠지만 중년의 남자 둘의 경우는 얘기가 달라진다. 20여 년을 같이 술 마셨지만 이런 순간만큼은 참으로 견디기 어려운 것이었다. 참을 수 없는 어색함.

"한잔하자."

둘이 술잔을 부딪쳤고 새 친구도 얼떨결에 잔을 들었다.

"캬!"

다시 각자 술을 따랐다. 각각 담배를 물었다. 한 놈은 오른쪽 주방으로 눈길을 돌렸다. 시선을 아래로 내려 깐 주인 아줌마의 얼굴이 규칙적으로 움직이고 있었다. 얼굴만 볼 수 있었지만 무엇을 하는지 소리로 알 수 있었다. 채소 자르는 도마 소리가 났고 냉장고를 열었다 닫는 소리가 들렸다. 비닐 벗기는 소리 후 얼굴이 쑥 올라왔다가 다시 내려갔다. 양배추를 자르는 것이리라 한 놈은 짐작했다. 한 놈은 그렇게 주인아줌마의 동작을 하나하나 쫓아 다녔다.

다른 한 놈은 왼쪽으로 고개를 돌렸다.

벽뿐이지만 다행히 훈민정음 벽지였다. 세로로 쓰여진 '나랏말싸미듕국에달라~'. 다음 문장인 '서로사맛디아니할쎄'를 찾았다. 그러나 보이지 않았다. 모두 '나랏말 싸미 듕국에달라' 밖에 없었다. 천장을 보았다. 오래된 형광등이 걸려 있었다. 먼지가 자욱했다. 흔들고 싶은 충동을 느꼈다.

새 친구는 여전히 외면하고 있는 두 놈을 보고 이놈들이 싸웠다는 자신의 짐작을 확신했다. 천장과 형광등은 이미 훑었다. 고개를 숙여 바닥을 봤다. 매끄럽게 처리된 바닥이 아니었다. 시멘트 그대로 마감된 바닥이었다. 곳곳에 금이 가 있었다. 담뱃불을 짓이겨 끄기에 딱 좋은 바닥이라 생각했다.

새 친구는 은근히 화가 치밀어 올랐다. 둘이 싸웠다는 것을 전제하더라도 사람을 불러놓고 30분 동안이나 말을 하지 않는 게 말이 되지 않았다. 이런 어색함과 뻘쭘함은 그 어느 술자리에서도 경험하지 못했다. 견디기가 힘들었다. 먼저 잔을 들었다.

"한잔하자."

"캬!"

새 놈이 물었다.

"너그 싸웠제?"

한 놈이 답했다.

"아니."

다른 한 놈도 대답했다.

"안 싸웠는데."

새 놈이 물었다.

"근데 와 말이 없노?"

이번엔 다른 한 놈이 먼저 답했다.

"우린 원래 이렇다."

한 놈도 거들었다.

"우리는 자주 만나서 할 얘기가 없다."

새 놈은 부아가 치밀었다.

"씨팔넘들 그라면 나는 와 불렀는데?"

한 놈이 대답했다.

"둘이 만나면 할 얘기가 없어서."

다른 한 놈이 수습을 하기 위해 나섰다.

"자자 한잔하자."

"카!"

30분간의 침묵 후 세 놈의 대화는 이렇게 시작되었다. 메뉴판을 몇 회 훑고, 주방 주인아줌마의 동선을 세밀하게 파악하고, 달력의 곡선을 꼼꼼히 감상하고, 벽지의 글자를 짜맞추고, 형광등의 상태를 점검하고, 바닥의 재질을 확인하고, 서로 얼굴을 마주치지 않으며 담배를 몇 대 피우고 나서야 비로소 시비조의 말로 대화가 시작된 것이었다.(2013년)

삼
겹
살
데
이

3월 2일 월요일 오후 김1이 내 자리로 왔다. 그 큰 엉덩이
를 실룩거리면서.

"행님 내일이 뭔 날인지 압니까?"

"화요일 아이가."

"3월 3일 하면 생각나는 거 없습니까?"

"없는데."

"삼겹살데이 아입니까!"

"아 글나. 내일 한잔 하까?"

"행님 촌스럽기는. 어데 크리스마스 때 놉니까?

이브에 놀지. 삼겹살데이에 삼겹살 묵는 거는 촌사람들이나 하는 거고. 이브에 묵어야지예."
"오늘 묵자는 거가?"
"예."
"술 조 함 짜보자."

이렇게 해서 술자리는 마련되었다. 월요일은 술이 당기는 날이다. 주말 동안 말끔해진 몸은 햇빛이 우리 존재를 빠짐없이 비추듯 유혹에 완전히 노출된 상태다. 쓰라리고 달콤한 유혹.

술집을 섭외하는 데에 김1은 일가를 이루었다. 1차로 목살을 먹고, 2차로 수입소고기를 먹었다. 대리운전을 기다리며 주차장에서 흔들흔들하고 있었다. 담배를 사러 갔던 김1이 돌아와서 말했다.

"행님 세상에 희한한 일도 다 있네예."
"뭔 일?"
"담배 가게 알바가 주민증을 보자네요. 참 네... 기가차서..."
김1의 얼굴은 밝았다.

옆에 있던 허가 끼어들지 않을 수 없었을 것이다. 말의
폭력성이 정도를 한참 넘었기 때문이다.
"뭔 되도 않는 말을 해샀노."
"진짠데예. 행님."

허가 웃었다. 비웃음은 주차장을 둘러싸고 있는 건물 전체
로 퍼져 나갔다. 나도 따라 웃었다. 웃으면서 이 말도 안되
는 상황을 끝낼 수 있는 묘안을 찾았다. 그러나 묘안은 떠
오르지 않았다. 어설프게 반격했다가 보복을 당할 수 있기
에 조심하지 않을 수 없었다.

다음 날 아침 동료 직원들에게 어제 당한 수모를 얘기했다.
처음 반응은 물론 조작설이었다. 김1은 즉각 사실임을 강조
했다. 조작설은 기각되었다.

흑심설이 누군가 입에서 튀어 나왔다. 김2였을 것이다. 알
바가 김1에게 흑심을 품었다는 것이다. 이에 대해 정은 '어디
세상에 흑심을 품을 곳이 없어서 저래 생긴 놈한테 흑심을
품노?'라고 내심 생각했을 것이다. 그러나 정은 이 말을
꺼내지 않았다. 힘이 있는 말은 뱉기 전에 한 번 더 생각하
는 게 맞는 법이다.

대신 정은 농락설을 주장했다. 알바가 김1을 농락했다는 것이다. 흑심설과 마찬가지로 알바의 입장에서 상황을 추정한 것으로 이에 대해 박은 '아무리 나이가 어려도 그렇지 같은 여자로서 내같으면 김1한테는 절대 그런 짓을 안 할낀데'라 생각했을 것이다.

평소 김1의 볼 살을 탐스럽게 여기던 박이 밖으로 끄집어 낸 말은 오인설이었다. 볼이 통통한 것을 두고 알바가 젖 살이 안 빠진 것으로 오인했을 수도 있다는 게 그 요지다. 이에 대해 허의 속마음은 '젖살은 무슨 개풀 뜯어 먹는.... 그냥 돼지를 두고.... 볼때기가 안 통통한 돼지도 있나. 참내.....' 이었을 것이다.

허는 하고 싶은 말을 참고 규탄 성명을 내자는 의견을 냈다. 이에 대해 석은 '아무리 규탄 성명을 내도 눈도 깜짝 안 할 낀데. 그렇게 얘기해도 자기 자신의 얼굴을 모르는 사람이 규탄 성명에 꿈쩍이라도 하겠나?' 였을 것이다.

석은 교복설로 자신의 진심을 가렸다. 알바가 양복을 교복 으로 착각했을 것이라는 추론이다.

이에 대해 임은 '내 참 보다보다 저래 패션 감각이 없는 놈은 처음 본다. 패션 감각이라고는 눈곱만큼도 없는 넘. 쯧쯧쯧...' 하면서 혀를 찼다.

진실은 명백하지만 늘 그렇듯 힘없이 주변을 맴도는 게 아닌가 하는 생각을 하며 임은 자리에 앉았다. 휴대폰을 만지작거렸다. 메모장의 한 구절이 눈에 들어왔다.

'광대한 우주는 내가 중심이 아님을 말한다.' 매일 매일의 고비들, 고달프다. 서럽기도 하다. 산 삶, 살 삶에 대한 작은 자부심 정도가 나를 지탱해주는 게 아닐까? 삶은 화려하다.(2015년)

우리는 되돌아보지 않는다. 직선으로 흘러갈 뿐이다. 나이가 들면 더 하다. 50살에 이르면 특별히 새로운 것은 없다. 깜짝 놀랄 일도 없다. 무서울 것 역시 딱히 없다. 흘러가는 시간 옆에서 그저 멍청해져가고 있을 뿐이다. 그러나 이런 삶에도 바람과 파도 즉, 풍파를 일으키는 일이 있다.

어느 봄날, 야외에서 술 마시며 충만감과 기쁨이 밀려오는,

그야말로 완벽한 봄날, 나는 분위기에 젖어 있었다. 동료이자 동생들은 냅킨을 이어 끈을 만들었다. 그것으로 얼굴 크기를 재고 있었다. 내심 자신은 있었다. 강적이 한명 있었기 때문이다. 믿을 구석이 있다는 게 얼마나 큰 위안이 되는지…. 불행은 더 큰 불행으로부터 위안을 얻는 법이다. 내 차례가 되었다. 머리를 내밀었다. 몇 년에 걸친 머리 크기 논쟁이 드디어 결론을 향해 내달리고 있었다.

머리 크기에 대해서 우리 세대는 억울한 면이 많다. 학창 시절 공부 잘하는 친구들은 대체로 머리가 컸다. 당연히 머리가 크면 머리가 좋은 것으로 인식했다. 머리를 키우기 위해 정신을 집중해 피를 머리 위로 끌어올리고, 그 힘으로 두개골을 바깥으로 밀기를 반복했다. 물론 효과가 있었다. 나는 남부럽지 않은 머리 크기를 가질 수 있었다. 남부러울 것이 없으니 거기에 대해서는 신경을 쓸 이유가 없었다.

그런데 시간과 함께 사람들은 변절했다. 특히 김태희가 나오면서 머리 크기와 머리 좋은 것은 상관이 없어졌다. 큰 머리는 부자연스럽고, 추한 것을 넘어 죄로 치부되기에 이르렀다. 이제 누가 가장 큰 죄를 지었는지 판가름이 날 순간이었다. 머리를 내밀고 눈을 감았다. 그럴 리는 없지만 내 사이즈가 가장 크게 나오는 만일의 사태에 대한 마음정리도 필요한 터였다. 긴장이 밀려왔다. 살며시 침을 삼켰다. 머리 작은 동료들은 재미있어 죽겠다는 표정으로 이 상황을 만끽하고 있었다.

휴지가 머리를 돌고 있을 때였다. 휴대폰에 토끼의 밝은 얼굴이 나타났다. 깜짝 놀랐다. 반쯤 감긴 휴지를 풀었다. 다행이고 불행이었다. 대두의 왕으로 등극할 수도 있는 위험에서 일단 벗어난 것이 다행이고, 이 시간대의 토끼 전화는 불만 아니면 요구사항이므로 그것은 불행이었다. 나는 조용히 휴대폰을 집어 들고 밖으로 나갔다.

"이따 얘기 좀 해요."
그 순간부터 삶은 즐거움과 평온으로부터 멀어졌다. 술좌석의 충만감은 빵빵한 과자 포장처럼 흔적 없이 사라졌다. 술은 쓰고, 안주는 눅눅해졌다. 머리 크기 따위는 중요하지도, 재미도 없었다. 검색이 시작됐다.

가까운 과거로부터 먼 과거로 다시 가까운 과거로 시간은 쉼 없이 옮아갔다. 뭔가 꼬투리가 있는 것 같기도 하고, 아닌 것 같기도 하고, 혹 그것일까 했다가도 설마 그런 것 가지고 그럴까 싶고 등등... 생각은 생각을 꼬리로 물고 이어졌다.

머리가 어지러워지고, 얼굴이 붉어져 왔다. 초인적인 힘을 발휘해 생각을 좀 더 밀고 나갔다. 가장 골치 아픈 상황을 가정해 보았다.
"뭘 잘못했는지 말해 보세요!"
거기까지 가면 참으로 난감하지 않을 수 없다.
그러나 설마....

에너지는 고갈 상태에 이르렀다. 빨리 술좌석의 혼돈속으로 들어가고 싶었다. 결론을 도출해야 했다. 옳든 그르든 그건 중요한 게 아니었다.

결론 : 자기성찰이란 '이따 얘기 좀 하자'와 '뭘 잘못 했는지 스스로 말하는 것.' (2016년)

그 작았던 몸이 지 엄마를 넘어서더니 이제 나를 넘보고
있다. 몸에는 힘이 넘친다. 얼굴에는 여드름이 나고 있다.
목소리도 굵어졌다. 맛있는 것을 좋아하고, 엉덩이는 여전
히 탱글탱글하다. 많이 잔다. 통뼈에다 균형 감각이 좋다.

음악을 흥얼거리고, 빈둥거리고, 오락에 최선을 다한다.
절대 청소 안하고, 투덜거리고, 대꾸하고, 지 엄마를 구박
한다.

엄마, 아빠와는 시무룩하지만 친구들과는 깔깔거리고 즐겁다. 지 엄마 손을 꽉 잡아서 화를 돋운다. 틀린 얘기에 대해서는 반대 논리를 명확히 말한다. 지 엄마가 책 선물을 했다고 분해서 복수하겠다고 하고, 아직 여자 친구는 없다. 시험 과목과 시험 범위를 몰라 지 엄마 뒷목을 잡게 한다. 의외로 패션 감각이 있다. 전체적으로 댄디하다. 냉소적이기도 하다.

젖 빨다 깨물고 그래서 지 엄마가 화내고, 이유식 먹이다 입 주위로 흘러내린 것을 숟가락으로 받아 다시 입으로 넣어주고, 낮에 늘어지게 자고 저녁에 안 자려고 해서 안아서 재우고, 앉혀 놓으면 머리가 무거워 스르르 침대로 넘어지고, 할매가 '아~로, 착한 아~로' 하면 입을 삐죽거리며 눈에 눈물이 가득 고이고, 고모가 삑 하면 업어주고, 할매가 '눈을 씻고 봐도 이놈보다 예쁜 애기가 없다'라고 하고, 머리를 박박 밀었던 고 귀여운 놈. 그 놈은 이제 자기 방을 남자 냄새로 채우고 있다. 젊은 수컷이 다 되었다.

시간 속에 있는 인간은 불행하다고 한다. 과거에 집착하고, 미래를 걱정하면서 지금을 살지 못하기 때문이라 한다. 그러면서 시간을 넘은 시공간에 머물기를 권한다. 일부는 맞고, 일부는 틀리다. 시간을 벗어난 몰입의 순간은 희열을 느끼기에 맞는 얘기다. 그러나 아들놈의 어린 시절을 회상하는 시간 속에 있는 것은 다른 즐거움을 주기에 일부는 틀린 말이다.

수컷이 된 이놈의 행동 하나하나에서 어린 애기가 연상된다. 그래서 여전히 귀엽다. 게다가 35년 전 내가 했던 짓들을 그대로 하고 있다. 널브러져 있는 것이나, 빈둥거리는 것이나, 음악을 흥얼거리는 것이나, 친구들과 희희낙락하는 것이나, 의자에 발을 걸치고 있는 모습이나, 잠이 많은 것이나..... 신기하게 웃긴다. 지 엄마 토끼의 거의 전부, 그 자체로 기쁨인 아들, 생일 축하한다.(2016년)

의지하고 의지가 되어주는 삶이야말로 완벽한 삶이다. (아이젠스타인) 회사에 지각했다. 1년에 한두 번 있는 일인데 그 날은 완벽하게 늦잠을 잤다. 나는 아침잠이 많다. 그래, 솔직하자. 나는 그냥 잠이 많다. 회상해 보면, 내가 사고를 친 대부분은 잠과 직간접적으로 관련이 있다. 충분히 재워 주는 것이 무엇보다 중요하고 다음으로는 음식이다. 이 두 가지 요인 모두 양이 충족되어야 한다.

질은 별로 중요하지 않다. 결국 충분한 양의 음식과 잠이면 불평불만 없이 잘 산다는 의미다.

이런 나를 두고 성장기의 여자들, 엄마와 누나들은 나를 순둥이로 부르곤 했다. 먹여주면 자고, 일어나면 다시 먹고, 또 자고를 반복하는 사람을 두고 어찌 순하다고 하지 않을 수 있겠는가! 몸이 근질근질해 견딜 수 없었던 어린 수컷의 시절 때부터 지금까지 나는 잠을 안 재우거나, 먹을 것을 안 주거나, 늦게 주는 것에 가장 민감하게 반응한다. 즉 분노한다는 말이다.

요즘 초저녁잠이 많아졌다. 밥을 먹고 나면 잠을 이길 수가 없다. 게으른데다 초고도 비만이지 않은가. 게다가 40대 중반이면 몸도 서서히 노년을 준비하는 시기에 들어섰다고 봐야 할 것이다. 초저녁 잠 얘기가 나왔으니 아버지의 잠 얘기를 그냥 지나칠 수가 없다.

아버지는 전형적인 아침형 인간으로 분류될 수 있다. 그 아침이 좀 이르다는 점이 문제지만. 한때 아버지는 9시 뉴스 정도는 보실 수 있었다. 하지만 SBS 8시 뉴스, 7시 종합뉴스를 거쳐 요즘은 '6시 내 고향'에 맞추신 모양이다.

대단한 경지가 아닐 수 없다.

요즘 아버지의 기상 시간은 새벽 2시다. 새벽 2시에 일어나신 아버지는 아침 식사시간까지 무려 7시간을 버텨야 한다. 게다가 잠귀가 밝은 엄마를 깨우지 않기 위해 살금살금 다녀야 한다. 고충이 크시리라 짐작된다. 아버지께 고시공부를 한번 권해 드릴까 고민 중이다.

저녁밥을 먹고 바로 잔 것이 문제였다. 12시 쯤 잠이 깨고 말았다. 아버지께 권해드릴까 고민하던 고시 공부를 내가 해도 될만큼 정신이 맑았다. 읽던 책 '철학자와 늑대'를 펼쳤다. 늑대와 11년간 살면서 늑대를 통해 인간을 다시 생각하게 되었고, 알게 되었다는 젊은 철학자의 이야기다. 신나게 읽고 정리했다.

'어릴 때는 누구나 자신이 특별한 존재라 생각한다. 그러나 나이가 들어가면서 그게 아니라는 사실을 알게 된다. 우주의 나이를 하루라고 가정하면 인간의 역사는 1초도 안 된다고 한다. 인간 한 사람 한 사람은 다들 귀한 존재이고, 그 개별의 삶 역시 소중하지만 인간이라는 종 전체를 놓고 보면 그리 대단치 않다는 것이다.

자신이 특별한 존재라면 타인은 덜 특별한 존재가 되고 이런 논리가 결국 자기중심주의, 이기주의 그리고 기회주의로 나아간다. 이런 사람이 지도자가 되면 비극적인 사건이 발생한다. 타인은 특별한 자신을 위해 희생이 되어도 된다. 특별한 나는 그럴 자격이 있다고 정당화한다.

어느 누구도 타인보다 특별하지도, 위대하지도 않다. 자신이 타인보다 특별하고 위대하다는 생각은 착각이다. 인간들 속에 같이 존재할 뿐이다. 더 나아가 인간이란 종 자체는 동물이나 식물 그리고 모두를 둘러싼 자연보다 특별하지 않다. 단지 그 속에 존재할 뿐이다. 우월하다는 생각은 인간의 착각일 뿐이다.

자신이 타인보다 위대하지 않고, 많은 인간들 속에 함께 존재한다면, 타인을 괴롭히거나 억압하거나 이용할 근거는 사라진다. 마찬가지로 인간이 동물을 학대하거나 식물과 자연을 훼손할 근거 또한 사라진다. 인간과 인간 그리고 자연은 사이좋게 지내는 것이 정당하다.'

아침에 눈을 뜨니 이미 7시가 넘어 버렸다. 조금 늦었다면,

허겁지겁 씻고 뛰어나갔겠지만 이미 많이 늦은 시점이라 느긋하게 준비를 하고 출근을 했다.

회사에 도착한 후 미안함을 표하고, 역도에게 나의 억울함을 토로했다. 아침에 깨워 주지 않은 토끼의 무심함에 대한 불평과 불만을 쏟아냈다. 아! 그런데 역도는 내편이 아니었다.

"형수님이 참 현명하네요. 행님을 강하게 키우기 위해 그런 것 같은데요."
나는 전혀 수긍할 수 없었지만, 역도가 어디 보통 사람인가! 자기 일 빼고 뭐든 열심히 잘하는 천재적인 조언자가 아닌가.
"남자가 40살이 넘으면 감성적이 되고, 눈물이 많아지고 그래서 여자에게 점점 의존하게 되는데 형수님은 행님에게 자립심과 독립심을 심어주기 위해 그런 것이니 얼마나 현명한 처사입니까?"

듣고 보니 틀린 말은 아니었다. 남자는 나이가 들어가면서 잔소리가 많아지고, 잘 토라지고, 시기하고, 옹졸해지는 것이 사실 아닌가. 결국 토끼가 아침에 나를 깨우지 않은 것은 자립심과 대범함을 키워주기 위한 조치인 셈이다.

토끼의 깊은 뜻을 알게 해준, 자기 일 빼고 뭐든 열심히, 잘하는 천재 조언자인 역도에게 나는 다시 한 번 고개를 숙이지 않을 수 없었다.(2013년)

더럽히지 않는 것처럼
또새가 하늘을
더럽히지 않는 것처럼
물고기가 물을

현재의 의미를 정확히 포착해내는 것이야말로 나이와 연륜의 역할이다. 그것을 제외한 나이와 연륜은 아집과 추함일 뿐이다. 이번 여름은 힘겹다. 모든 이들에게 이번 여름은 평생 처음인 것 같다. 에어컨이 없는 곳으로 나갈 때의 그 후끈거림과 숨막힘이란... 특히 나같이 비대하고 땀이 많이 사람은 살아내기가 더 힘겹다. 조금만 걸어도 땀범벅이 된다. 와이셔츠가 찰싹 달라붙어 흉측한 모습이 여과 없이 드러난다.

이런 나를, 나는 섹시하다고 주장하고, 동료들은 힘들어 한다.

감기를 앓고 있다. 기침이 나고 머리가 아프다. 집중이 안된다. 좋아하던 운동마저 쉬고 있다. 그러나 나는 이 사실을 토끼에게 말하지 않고 있다. 토끼의 표정과 행동을 알고 있기 때문이다. 표정은 안타까움과 애처로움이고, 행동은 엉덩이를 두드리며 '자고 나면 괜찮아질 것이다.'라는 사실을 나는 잘 알고 있다.

화가 난다. 토끼의 표정과 행동이 아니라 내 몸에 대해. 자고 다음날이 되면 실제로 낫기 때문이다. 병세가 더 악화되어야 토끼의 관심과 보살핌을 한 몸에 받을 수 있을 텐데 내 몸은 언제나 그렇듯 마음을 따라가지 못한다. 그렇다고 나를 토끼의 관심과 보살핌을 애타게 갈구하는 부류로 단정하면 곤란하다. 오히려 토끼의 무관심 속에서 혼자 신나게 잘 논다.

그러나 혼자 신나게 잘 노는 나를 토끼는 못마땅해 한다. 휴일이나 주말, 실컷 잘 자고 일어난 토끼는 피로가 가신 뽀얀 얼굴로 불평을 시작한다.

밖에 데리고 나가지 않았다, 잠만 잤다, 안 놀아줬다, 책만 봤다, 자기를 버리고 운동갔다 등 갖가지 핑계로 나를 엮으려 한다. 말이 나와서 말이지만 한때 토끼는 잘 잤다. 정말 잘 잤다. 만세를 부르고 평화롭게 새근새근. 참 아름다웠다.

그 시절 토끼는 주중에 체력을 모두 소비하고 주말에는 내내 잠만 잤다. 내가 빨래며 청소 같은 집안일을 하게 된 것도 결국은 토끼의 약한 체력과 관련이 있다. 나는 그런 토끼가 사랑스러웠다. 나는 운동하고 싶으면 운동하고, 책보고 싶으면 책보고, TV보고 싶으면 TV를 보고, 잠자고 싶으면 잤다. 자유로웠다. 그러나 토끼의 나이가 40살에 가까워지면서 상황은 돌변했다. 행복하게 자던 토끼의 모습은 사라지고, 홈쇼핑에 꽂혀 있으면서도 나를 꾸짖고 협박하는 데 주저함이 없다. 바야흐로 토끼와 내 삶에 변화가 온 것이다.

남자와 여자는 힘이 뻗치는 나이가 다르다고 한다. 남자는 어릴 때 힘이 뻗치고 나이가 들어갈수록 사그라지는 반면 여자는 나이가 들수록 힘이 뻗친다고 한다. 중년 이후의

남자들이 주눅드는 것과 아줌마들의 지칠 줄 모르는 체력
은 다 이유가 있는 것이다.

인간은 태어나면서 일생에 걸쳐 사용할 수 있는 힘이 정해
져 있다고 볼 수 있다. 그걸 남자는 일찍, 여자는 늦게 사용
할 뿐이다. 중년 이후의 남자들은 주로 자빠져 잔다. 그것
에 대해 여자들은 욕을 한다. 남자와 여자의 갈등, 그것은
몸의 차이에서 기인하는 게 아닌가 하는 생각이 든다.

토끼는 이제야 안에 숨어 있었던 힘이 나오는 모양이다. 그
힘이 나를 몰아붙이고 있다. 나는 자유를 잃어간다. 자유
는 구속과 반대의 개념이 아니다. 자유는 하고 싶지 않은
일을 하지 않을 힘 내지 상태다. 문제는 하고 싶지 않은 일
을 하지 않으면서도 먹고 살 수 있느냐이다. 자유에는 힘,
즉 돈이 필요하다.

돈의 속박. 힘이 세다. 우리나라는 세계에서 가장 불행한
나라다. 하루 43명, 30분마다 한명씩 자살한다. 돈이 가장
큰 원인이라 한다. 사람들은 막막함과 절망과 슬픔 속에서
쓰러져가고 있다. 먼 남의 일이 아니다. 우리 대부분의 삶

에 현실로써 코앞에 다가와 있다. 나를 포함한 나이 먹은 사람들은 괴물과도 같은 사회를 만들어 놓은 것에 대해 반성해야 한다.

나이가 들어가는 것은 공감의 폭과 깊이가 넓어져 가는 과정이 아닌가 생각된다. 인간이 동물보다 뛰어난 점은 다른 사람의 일에도 슬퍼할 줄 아는 것이다.(조드 중에서) 생떽쥐베리의 어린왕자에서 꽃이 어린왕자에게 말하는 대목이 나온다.

"사람들은 바람에 밀려다니니까요. 그들은 뿌리가 없기 때문에 살아가기가 무척 힘이 들 거예요."

뿌리 없이 바람에 밀려다니는 삶, 그러나 물고기가 물을 더럽히지 않는 것처럼, 또 새가 하늘을 더럽히지 않는 것처럼, 사내는 세상을 더럽혀서는 안된다.
(조드 중에서. 김형수작)(2013년)

근거가 없는 것일지라도 가지고 있을만한 것들이 있다. 희망이 그렇고 자부심도 그렇다. 공주들은 생활 속 깊이, 행동 하나하나에 프라이드가 배어 있다. 나의 게으름과 식탐이 그렇듯이. 왜 그랬는지 알 수 없지만 며칠 전 토끼에게 피부가 매끄럽다고 말했다. 토끼는 피부는 타고나는 것이라고 답했다. 또 며칠 뒤 나이의 흔적이 없다고 말했다. 20대 때의 얼굴과 진배없다고 토끼는 답했다.

자연스럽고 부끄러워하는 기색이라고는 없었다. 평소의 생각, 그것도 완전히 자기화된 생각을 말했기 때문일 것이다.

브라질 작가 코엘료의 글이 생각났다.

'진리를 추구하고 책임을 회피하는 사람은 결코 진리를 깨닫지 못한다. 해만 계속 쳐다보는 사람이 결국엔 눈이 멀듯이 말이다.'

단어 하나가 바뀐 문장을 나는 생각했다.

'예쁜 것만 추구하고 책임을 회피하는 사람은 결코 예뻐지지 못한다. 거울만 계속 쳐다보는 사람이 결국엔 눈이 멀듯이'

토끼는 내게 거침이 없다. 간혹, 실은 자주 거칠기까지 하다. 운동 후 집에 들어가면 빨래를 널고 자라고 한다. 심지어 술 취해 귀가한 날에도 빨래를 널라고 한다. 그러나 대부분의 남자들이 그렇듯 나는 흘려듣고 잔다. 다음날 아침이면 왜 빨래를 안 널었냐고, 이러면 곤란하지 않냐고 한다. 뭐가 곤란한 지는 잘 모르겠지만 맞는 말 같기는 하다. 이렇게 쏘아 붙이는 주말이면 나는 나를 성찰한다.

'나는 왜 토끼의 말을 흘려들을까? 그리고 나는 왜 토끼에게 슈퍼 을이 되었나?'

3월 마지막 주말, 배드민턴 시합으로 바빴다. 아침 7시에 나가 밤 10시 반쯤 귀가했다. 술이 거나하게 취해서. 지금껏 보아온 토끼 중 가장 거친 토끼가 되어 있었다. 왜 전화 한통도 없었느냐, 진해 가자는 말 잊었느냐 등 나는 천하의 몹쓸 놈이 되어 있었다. 다음날인 월요일 저녁 진해로 향했다. 토끼는 좋아했다. 진작 왔으면 욕을 안 먹을 것이고, 3만원을 뜯기지도 않았을 것이다. 또한 토끼의 기뻐하는 모습을 보며 대단한 일을 한 것처럼 뿌듯해 했을 것이다. 안민고개 전망대에 서서 나는 아쉬움을 뿜어냈다.

창원 쪽으로 길을 잡았다. 길이 헷갈렸다. 토끼는 내비게이션을 자청했다. 그러나 토끼의 훈수는 불행하게도 반대 방향이었다. 교차로에서 토끼는 좌회전을 외쳤지만 나는 우회전 했다. 조금 지난 후 부산 방향의 남산동 버스터미널이 나타났다. 토끼는 경악했다. 이럴 리가 없다는 말을 연발했다.

방향을 차근히 설명해도 토끼는 전혀 이해하지 못했다. 나는 사람은 자기가 틀릴 가능성을 항상 열어놔야 한다고 근엄하게 말했다. 그러는 동안 머릿속에서는 단어들이 조합 되고 있었다.

'인간의 오랜 진화의 역사.'

비가 부슬부슬 내리고 있었다. 지하철과 경전철로 이어지는 퇴근시간 내내 라면 생각이 났다. 잔 파를 썰어놓고, 계란을 풀고, 떡국떡을 넣고, 꼬들꼬들하게 끓인 라면 생각이 실내를 꽉 채운 수증기같이 머릿속을 뿌옇게 만들고 있었다. 옷을 벗기도 전에 물부터 올렸다. 잔 파와 계란과 떡국떡을 찾았다. 아무리 찾아도 없었다. 계란으로 만족하고, 김치를 찾았다. 김치도 없었다. 하는 수 없이 고추장을 김치 대용으로 먹었다.

토끼가 집에 왔다. 김치가 왜 없냐고 했다. 없긴 왜 없냐고 하면서 냉장고에서 꺼냈다. 잔 파와 떡국떡 있냐고 물었다. 역시 냉장고에서 슥 꺼냈다. 마치 마술을 하는 것 같았다. 머릿속에서는 단어들이 조합되고 있었다.

'인간의 오랜 진화의 역사.'

인간이 거쳐 온 시간 중 가장 오래 머문 시기는 수렵채취의 생활이었다. 농경이 시작되기 전 수십만 년 동안 인간은 수렵채취로 연명했다. 대략 19만 년이었다. 머문 시간만큼 우리에게 많은 것을 남겼다. 우리는 수렵채취 시대의 몸과 마음으로 살고 있다. 남자는 넓은 공간에서 방향 감각이 좋고, 여자는 좁은 공간에서 위치 감각이 좋다. 남자는 사회성이 떨어지고, 낯선 남자를 경계하고, 불꽃을 보듯 TV를 응시한다. 여자는 사회성이 좋고, 말로 스트레스를 풀고, 돈 많은 사람을 좋아한다.

나는 내 안의 유전자를 생각한다. 혹, 큰 사냥감 생각에 늘 골똘하지만 실제 사냥에서는 자주 실패한 조상, 식탐과 잠이 많은 조상, 사람들과 희희낙락하는 것을 좋아하는 조상, 그래도 염치는 좀 있었던 조상의 유전자가 내게까지 전해진 게 아닐까? 그렇다면 토끼의 말을 흘려 듣고, 토끼에게 슈퍼 을인 지금의 상황은 개선의 가능성이 없는 게 아닌가! 인간의 시간을 생각하게 만드는 밤이다. (2016년)

1. 마을 이장이 방송을 한다. "주민 여러분 잘 주무셨습니까? 추수도 모두 끝난 작금의 시절에 농기계 구입 건을 의논코자 헙니다. 저녁에 마을회관으로 모여 주십시오. 전기 아껴 쓰고, 물 아껴 쓰십시오. 에... 그리고 시를 쓰세요."

2. 오프닝 : 초겨울 아침, 굴뚝에선 연기가 올라오고 소가 여물을 먹는 평화로운 어느 시골 마을. 집 뒤 풀숲, 풀에 바람이 스치는 소리가 들린다.(시 '풀'이 음악과 함께 올라간다. 그 후 제목 '시를 쓰세요'가 나온다.)

3. 마을 회관. 할머니들, 한글을 배우고 있다. 서로 타박하고 옥신각신, 깔깔거리며 즐겁게 배운다. 그 중 유독 집중하는 한 할머니가 있다. 삐뚤삐뚤 글을 그린다.

4. 저녁. 할머니 집, 조그만 나무 상자를 연다.

빛바랜 낡은 편지들이 쌓여 있다. 할아버지에 대한 회상에 젖는다. 만남, 책 읽던 모습, 즐거웠던 일, 헤어짐이 쭉 지나간다.

다시 현재 낮. 할머니, 열심히 한글을 익힌다.

저녁. 할머니 집. 편지 한 통을 집어 쓰다듬다 그 중 한 개를 펼친다. 김수영의 시가 쓰여 있다. 할머니, 시 하단의 김수영이라는 이름을 띄엄띄엄 읽는다.

5. flashback. 1960년대. 비 오는 명동극장 앞. 김수영, 우산으로 부인을 때리고 있다. 옆에 아들이 있고, 40명쯤의 사람들이 그것을 구경하고 있다.(죄와 벌)

6. 김수영의 과거로 한 번 더 flashback. 김수영, 일본까지 따라갔던 짝사랑 그리고 김수영과 부인의 첫 만남. 설레는 사랑이야기.(김수영의 성격 표현)

7. 한국전쟁. 김수영, 부인의 임신으로 피난을 가지 않는다. 북한군에 징집, 북으로 끌려가다 밤에 탈출한다.

탈출 후 민간인 옷을 훔쳐 입었지만 인민군에 재차 잡힌다. 인민군복을 찾기 위해 미친 듯이 산을 헤맨다.(삶과 죽음의 경계를 긴장감이 넘치게 표현)

8. 탈출한 김수영, 집 부근에서 경찰에 체포된다. 이젠 빨갱이라고 엄청 두들겨 맞는다. UN군의 포로가 된 김수영.

9. 거제도 포로수용소. 김수영, 생존을 위해 몸부림을 친다. 그곳에서도 이념 대립으로 서로 죽이고 죽는다. (포로수용소의 비참함 묘사) 김수영, 하루하루 버틴다.

10. 김수영, 어두운 불빛 아래서 담배갑에 시를 쓴다. 그때 그를 선생님으로 여기고 여러 방면으로 도와주는 한 남자, 바로 한글을 배우는 할머니의 남편이다. 김수영이 욱할 때 제지하고 김수영에게 먹을 것을 갖다 주기도 한다. 저녁마다 시에 대해, 이승만 독재정권에 대해 얘기하고 욕한다.

할아버지 어두운 불빛 아래 편지를 쓴다.(그 편지가 할머니의 현재와 연결된다.)

11. 시골. 저녁. 할머니, 할아버지의 편지를 서툴게 읽고 있다. 포로수용소 얘기와 김수영과 관련된 내용이 들어 있다.

12. 낮, 할머니 삐뚤삐뚤한 글씨로 시를 쓴다.

할머니들 마을회관에서 자신들이 적은 시를 읽고 있다. 단 순하고 솔직하고 가슴이 찡하다. 이장이 와서 한마디 한다. "에~ 시는 말이여 머리나 가슴으로 쓰는 게 아니여. (몸짓 까지 과장되게 동원해서) 시는 온몸, 온몸으로 쓰는 것이 여."

13. 포로에서 석방된 김수영, 부인을 찾아간다. 부인이 김 수영의 친구와 동거하고 있다. "가자" "지금 못 갑니다." (너를 잃고)

14. 서울로 돌아온 김수영, 술 마시고 폐인처럼 산다. 그 사이사이 시를 쓴다.(달나라의 장난, 조국에 돌아오신 상 병동포 동지들에게)

15. 몇 년 후 김수영, 부인과 살고 있다. 신문사에 근무하다

그만두고 양계업을 하고 있다. 동료 시인, 문학인들과 술자리. 김춘수, 서정주, 박인환 등 허위의식과 겉멋에 젖은 작가들을 비난한다.(폭포, 눈, 부실한 처)

16. 4.19혁명기의 김수영, 흥분한 채 거리를 쏘다닌다. 열렬히 지지한다. 시를 쏟아낸다.(우선 그놈의 사진을 떼어서 밑씻개로 하자, 육법전서와 혁명)

이후 반공을 여전히 국시로 삼는 장면정권에 실망한다. (김일성 만세)

17. 5.16 쿠데타, 양계장의 김수영, 풀이 죽어 산다. 빨갱이 트라우마에 시달린다. 억압과 자유에 대해 말한다.(어느 날 고궁을 나오면서, 고은에게 보낸 편지)

18. 김수영, 부산 문학세미나에서 열정적으로 강연하고 있다.(시여, 침을 뱉어라)

서울. 저녁, 동료 문인들과 술을 마시고 있는 김수영. 냉소적이다. 차를 태워준다는 문인의 호의에 대해 부르주아의 차는 안탄다고 말하고 헤어지는 김수영.

버스 정류장에서 교통사고를 당한다. 다음날 사망한다.(죽기 며칠 전에 쓴 시 '풀'이 자막으로 올라간다.)

19. 화창한 봄날. 할머니, 할아버지 편지를 제법 잘 읽는다. 읽으며 눈물을 흘린다.

flashback 포로수용소의 할아버지, 김수영에게 살아나가면 편지를 붙여달라고 부탁한다.

다시 현재의 할머니가 편지를 읽는다. '살아나가기 어려울 것 같소...... 어쩌다가 못난 세상을 만나서 이렇게 사는구려....'

20. 할머니, 할아버지에게 감동적인 답장을 쓴다.
'처음 글로 써보는 여보, 그리운 여보, 당신 잘못이 아닙니다. 나쁜 사람들이 세상에 군림했으니 우리가 헤어지고 고생을 하고 당신은 그렇게 갔습니다. 아직 당신의 모습을 소복이 기억하고 있습니다. 그 빼어난 외모와 다정다감한 성품. 좋은 세상을 만났다면 당신을 원없이 아낄 수 있었겠지요. 온 마음이 아립니다. 그립습니다.'
짧은 암흑이 있은 후 음악과 함께 자막이 올라가며 영화는 끝이 난다.(2015년)

날씨는 화창했다. 15년 전 10월의 어느 일요일이었다. 토끼와 함께 엄마, 아빠 집에 들어섰다. 26살 때 집을 나간 이후 6년 동안 이리저리 휩쓸리며 살았다. 태어나고 자란 신암 집을 들어서며 나는 자신만만했다.

25살 토끼는 예뻤다. 42kg 절대 저체중과 작은 얼굴, 긴 다리, 가냘픈 목소리. 일반인 속에 섞여있는 연예인, 토끼는 그랬다.

엄마, 아빠의 기쁨은 컸다. 같이 마주한 밥상, 토끼는 배가 고팠는지, 아니면 음식이 자기 입에 맞았는지 많이 먹었다. 엄마, 아빠의 기쁨은 배가 되었다.

시간이 한참 흐른 뒤 토끼는 이 세상에서 오직 나만 빼고 모든 사람들에게 친절한 그 상냥함에 대한 진실을 얘기했다. 그 상황에서만큼은 진심이었노라고. 발이 공중에 떠 있는 우리 남자들에 비해 여자는 현재에 집중할 줄 아는 우월한 존재다. 두려움과 존경을 표하지 아니할 수 없다.

큰아들의 불행과 무능을 가슴 아파하던 엄마는 토끼의 연약한 손과 발을 애처로워했다. 그리고 "우짜든동 성질 부리지 말고 맞차 살아라."라는 말을 되풀이 했다. 반복은 힘이 세지 않은가? 거짓인 걸 알면서도 그것을 반복하면 어느 순간 진실로 둔갑하는 현실을 우리는 수도 없이 보고 있다. 그래서 현실은 코미디인 것이다.

토끼는 힘이 세다. 마치 용가리가 불을 내뿜듯 토끼는 그 작은 얼굴에서 환한 미소와 상냥한 태도를 뿜어댔다.

자동차 사고가 순간의 딴 짓으로 발생하듯 가족들은 아마도 15년 전 10월 어느 날 토끼가 집에 들어서는 순간 자신들도 모르게 토끼의 편이 되었으리라. 그리고 그렇게들 행복해했다.

그러나 나는 가난했다. 돈이 없다는 것은 사람을 피곤하게 한다. 잔머리를 굴려야 하고, 주눅이 들어야 하고, 물러나야 한다. 인간의 성격은 대부분 몸으로부터 나온다. 체력이 약한 사람이 꼼꼼한 성격일 수 없다. 뼈가 약한 사람이 강성일 수 없다. 몸과 성격이 부합하지 않으면 병이 난다. 나는 강골의 몸과는 다른 삶을 살았다. 불안, 두려움, 비굴, 굴욕. 나는 찌질했다.

어린놈이 태어난 지 얼마 안 된 가을 어느 날, 빛은 없었지만 그렇다고 온전한 밤도 아닌 해가 막 저문 저녁이었다. 집에 들어섰다. 토끼와 어린놈은 자고 있었다. 그 맑고 편안한 모습.

가슴이 콱 막혔다. 저 어리고 예쁜 사람을 내 불행에 끌어

들인 게 아닌가 하는 자책은 무더기로 몰려왔다. 옆방으로 물러 나왔다. 담배 연기를 길게 뿜었다. 먼 불빛을 생각했다. 나는 나를 욕하지 않을 수 없었다.

간도 쓸개도 다 내줄듯 한 그 가난 속에서 토끼는 어디가서 얻어먹고 다니지 말기를, 주눅 들지 말기를 당부했다. 당시 나는 돈 안 쓸 잔머리를 쉬지 않고 굴리며 살고 있었다. 모든 것이 막혀 있었던 그 시절, 토끼만은 내게 열려 있었다. 그렇게 토끼는 나를 위하며 가난을 견디고 있었다.

시간, 생은 사람을 추하게도 하고, 멋있게도 한다. 인간정신은 의식적으로 노력하지 않는 한 몸과 함께 추하게 늙어간다. 토끼는 40살이 되었다. 그 애리애리하던 25살 토끼는 중년의 아줌마가 되었다. 그러나 토끼는 여전히 예쁘다. 나이의 흔적이 별로 없다. 옆구리 살, 과감함, 빡침, 무시, 냉소 정도랄까. 자는 모습은 젊었을 때보다 오히려 더 맑고 편안하다.

30대 초반의 돼지는, 아무리 먹어도 살 안 찐다는 자랑질을 하면서 여전히 돼지로 40대 후반이 되었다. 그 돼지는 이제 몰입하고 분노한다. 멋있게 늙어 가고 있다는 의미다. 토끼 덕분이다.

겨울 새벽, 늙음을 실감하며 멀리 자동차 불빛을 바라본다. 불빛은 나에게로 흘러온다. 25살 여자와 32살 남자를 생각한다. 이어 40살 여자와 47살 남자를 생각한다. 그리고 생을 생각한다. (2015년)

제발 집에 좀 가주세요

사건은 사람을 만든다. 토끼가 다쳤다. 부실한 계단 2층에서 발을 헛디뎌 추락했다고 한다. 왼쪽 갈비뼈 두개와 왼 팔꿈치가 부러졌다. 어린 수컷이 흔히 당하는 부상을 토끼가 당한 것이다.

토끼는 입원을 거부했다. 불편하다는 이유로 입원을 거부하고 반깁스만 한 채 집으로 왔다. 나는 금요일 오후부터 토요일 오후까지 꼬박 시중을 들어야 했다. 물론 시중든 것에 대해 불평을 하는 것은 아니다.

오히려 이번이 개념 없는 어린놈을 제치고 애완견으로 급부상할 수 있는 절호의 기회라고 생각했다. 내심 빡세게 하자는 다짐을 하기도 했다.

아, 그런데 이 어린놈이 눈치를 챘는지 지 엄마 곁을 떠나지 않는 것이었다. 게다가 최고의 집중력을 요하는 오락을 하면서도 지 엄마가 시키는 일을 즉각즉각 하는 것이 아닌가. 나는 위기의식을 느꼈다. 원래 게으른 사람들은 눈치와 잔머리가 빠른 법이다.

나는 어린놈은 결코 지 엄마에게 하지 않을 뿐더러 할 필요조차 느끼지 못하는 '토끼 기쁘게 해주기'에 돌입했다. 예전의 화려했던 개그감을 살려야 했다. 그러나 쉽지 않았다. 이미 토끼가 다 알고 있던 소재들이라 그저 억지 웃음 정도가 전부였다.

학창 시절, 공부는 때가 있다고 어른들이 말하곤 했지만 그건 틀린 얘기다. 공부는 나이 들어 하면 더 잘 된다. 이해와 수용의 폭이 넓어지기 때문에 책 읽기가 더 수월하다. 또 응용력도 높아진다.

사춘기 때보다 몸이 덜 근질거리고, 잡생각과 재미있는 것에 대한 호기심도 덜하다. 또한 꿈 때문에 괴로워하지도 않는다.

여러 가지 이유로 공부는 나이를 먹을수록 더 잘 된다. 그러나 개그는 달랐다. 일단 몸 개그가 되지 않았다. 예전에는 춤도 좀 췄지만 이제는 역부족이었다. 결국 토끼를 즐겁게 해주려던 나의 계획은 유야무야되고 안마를 열심히 하는 정도로 대신했다.

그런데 다음날 토끼의 상태가 나빠졌다. 결국 입원을 하게 되었다. 집에서 이것저것 챙기고, 병원 보조 의자에 앉아 자리를 지켰다. 그런데 병원이라는 게 참 매력적인 장소다. 앉았다하면 잠이 왔다.

나는 게으른데다 초고도 비만으로 잠과 음식의 양을 삶의 가장 중요한 질로 생각하는 종류의 인간이다. 토요일 오후 4시부터 졸기 시작한 것이 저녁까지 이어졌고 급기야 8시쯤에 토끼가 나를 깨웠다. 나는 잠에 취해 정신이 없었지만 초인적인 정신력으로 여기가 병원이고 지금은 병수발을 위해 와 있다는 사실을 상기했다.

잠이 채 깨기도 전에 토끼가 한 마디 했다.

"제발 집에 좀 가 주세요."

내가 뭘 잘못 했나 되짚어 보아도 나는 떳떳했다. 잠을 억제해가며 무거운 몸을 이끌고 수발을 들었고 게다가 병원에서 잠을 자기로 다짐하고 베개와 담요까지 준비한 기특한 남편이 아닌가.

"무슨 문제가 있나?" 나는 억울한 맘으로 물었다.

"코고는 소리 때문에 잠을 잘 수가 없어요. 옆 사람한테도 창피하고, 피해를 주고." 토끼는 역시나 나에게 거칠고 단호했다. 말을 이어나갔다.

"4시부터 몇 번을 깨웠는데 잠깐 깼다가 또 코골고, 또 코골고 해서.... 빨리 집에 가 주세요 제발!"

마땅한 변명이 생각나지 않았다. 생각해보니 잠결에 몇 번 주의를 받은 것 같기는 했다. 그래서 코 안 골아야지 하며 주의를 기울였던 의식들이 희미하게나마 기억났다.

나는 나오기 싫은 병원을 뒤로 하고 집으로 왔다. 아버지 생각이 났다. 몇 년 전 엄마가 입원했을 때 아버지 역시 나처럼 의욕적으로 엄마 병간호에 나선 적이 있었다.

다음날 8인실 환자 모두의 미움과 원망의 대상이 되고
말았다. 여자는 나이가 들어도 용도와 쓸모가 유지되는
반면 남자의 용도는 급속하게 떨어지는 게 맞는 것 같다.
이런 동지애가 흐를 때는 아버지를 아빠라 부르고 싶다.

토끼를 홀로 두고 나오려니 맘이 무거웠다. 그런데 몸은
맘을 몰랐는지 아니면 무시했는지 나는 또 다시 침대에
철퍼덕했다. 맘은 시리고 아프고 처량했지만, 잠은 참 잘
잤다.(2013년)

타인의 시간이 느껴진다면 그 사람을 아끼는 것이다. 어릴 적 친구 영민이 사무실로 놀러 왔다. 칼의 노래를 쓴 김훈 얘기를 꺼냈다. 김훈의 등장을 두고 어느 평론가가 '한국 문학계에 벼락같은 축복'이라 평했다는 얘기를 했다. 똑같은 말을 해도 영민이 하면 멋이 있다. 나는 말을 잘하고 또 멋있게 하는 사람이 부럽다.

영민은 친구들 중 성장이 가장 빨랐다.

중학교 1학년 때 이미 턱과 코 주위가 온통 털이었다. 토요일 밤을 샌 다음날 아침이면 어김없이 털이 덥수룩 했다. 영민은 귀찮다고 하면서도 자신의 털을 은근히 자랑스러워했다. 면도하는 모습도 심심찮게 보여 주었다. 그는 조그만 거울 앞에 쪼그리고 앉아서 그 큰 얼굴을 이리저리 비추어가며 면도를 했다. 나는 영민 얼굴의 하얀 비누거품과 면도기로 거품을 사각사각 긁어내는 소리가 아직도 생생하다. 부러웠다.

영민은 어른들의 행위를 그 이른 나이에 어른보다 더 능숙하게 하고 있었다. 당시 나는 코 주변에 실털 정도가 났을 뿐이었다. 대부분 친구들은 대학에 입학해서야 면도다운 면도를 했다. 그러나 털의 양에서는 그 누구도 영민을 따라가지 못했다.

대학시절 우리는 툭하면 모여서 밤 새 시간을 죽였다. 뭐 특별히 할 일이 있었거나, 할 말 같은 것은 없었다. 여자친구와 돈은 없었고, 공부하기는 싫었다. 원대한 꿈이나 목표 같은 것은 없었다. 시간은 가지 않았다. 별 짓을 해도 시간은 거기서 거기였다. 그런데 혼자면 심심했다.

견딜 수 없이 심심했다. 물론 한데 모여 있다고 해서 심심하지 않은 것은 아니었다. 그러나 최소한 음담패설 하면서 희희낙락할 수 있었고, 뭐 좀 화끈한 일이 없나 궁리할 수는 있었다. 혼자서는 버텨내기 어려운 시절이었다.

바야흐로 정의구현을 부르짖던 시대였다. 참 웃기는 사람들이었다. 악은 너무도 명백했고, 힘을 가진 채로 실재했다. 비정상이 정상이라며 정상을 비정상으로 몰고 탄압했다. 2차 세계대전 이후 독립한 국가들에서 쿠데타와 독재는 일반적인 현상이었다. 문제는 그게 20살인 우리와 맞닥뜨렸다는 사실이다. 많은 사람들이 죽어 나갔다. 쉽지 않은 시절이었다. 나는 나이 많은 사람들의 세상을 우습게 볼 수밖에 없었다.

인간은 본래 힘 있는 것을 옳은 것으로 인식하는 습성이 있다. 그토록 명백한 악 앞에서도 나이 많은 사람들은 그것을 부정했다. 인간의 역사에서 수도 없이 반복되는 '젊은 것들이 뭘 안다고' 하면서. 당연히 젊은 놈들은 빨갱이가 되었다. 그로부터 26년이 지났다. 그때 우리를 철없는 젊은 것들, 빨갱이라 비난했던 사람들은 이제 정의사회 구현을 외쳤던 그 웃기는 사람들을 욕하고 있다. 그러면서 또다시 그와 비슷한 짓을 하고 있다. 웃기는 사람들의 이상한 역사 그리고 반복, 이게 우리 현대사가 아닌가 하는 생각이 든다.

그 이상한 시대, 우리는 아침부터 모여서 어떤 날은 축구를 하고, 어떤 날은 농구를 하고, 어떤 날은 테니스를 치고 또 어떤 날은 배드민턴을 쳤다. 그러다 저녁이 되면 바둑을 두고, 밤이 깊어 배가 고프면 라면을 끓여 먹었다. 우리 집에서도 또 다른 친구 집에서도 영민은 라면을 끓이고 설거지를 하고 가게에 가서 과자를 사왔다.

게으른 나는 주로 삐딱하게 누워 입으로 일했다. 물론 나와 비슷한 몇 놈 있었다. 우리 게으른 종족들은 땡깡과 인내심으로 무장하고 다른 친구들을 부려먹을 궁리에 골몰했다. 우리는 치열하게 싸웠다. 술을 많이 마셔서 몸이 안 좋다, 운동하다가 다쳤다, 어제 잠을 못 잤다, 머리가 아프다 등 상대방이 움직여야 하는 이유들을 열거했다. 의도는 대부분 관철되지 못했다. 그 다음은 바둑을 더 잘두고, 축구를 더 잘하고, 테니스를 더 잘치고, 더 빠르고 등등 상대보다 우월한 점을 내세웠다. 역시 관철되지 못했다. 궂은 일은 결국 영민을 위시한 순둥이들의 몫으로 돌아갔다.

그 순둥이들이 그 시절로부터 20년 여 년이 지난 중년의 나이에 나를 찾아온다. 어릴 때 그랬듯이 알아서 커피 타먹고, 졸고 또 나의 시답잖은 아는 체를 진지하게 듣는다. 이 순둥이들과 있을 때면 편하다. 말을 안 해도 불편하지 않다. 주저 않고 욕을 한다. 어느 날인가 같이 밥을 먹으면서 편함이 '참 좋다'로 전이됨을 느꼈다.

인간이 느끼는 행복이라는 감정은 제각각 다를 것이다. 홀가분, 뿌듯함, 성취, 복수, 타인의 불행 등 저마다의 기준이 있을 것이다. 나는 익숙한 것, 편안한 것이 축적되면 기쁨을 느낀다. 그리고 모호했던 것이나 몰랐던 것들이 명확해지는 과정에서 희열과 행복감을 느낀다.

영민 얘기로 돌아가서, 영민은 털과 얼굴로 모든 에너지가 갔는지 키가 크지 않았다. 지금도 나는 영민을 남자의 신체 돌출부위만한 놈이라고 부르곤 한다. 앉아 있을 때면, 영민은 얼굴의 규모와 각 그리고 털로 상대를 압도한다.

처음 보는 어느 누구도 영민이 천하의 순둥이라는 사실을 알지 못한다.

그 천하의 순둥이가 사무실 문을 들어서며 '벼락같은 축복'을 얘기했다. 시간이 더럽게도 안 가던 시절부터 영민은 내 편이 되어 주었다. 똥고집인 것을 알면서도 나를 지지했다. 지금은 김훈을 빌려 세련되게 나를 응원하고 있는 것이다. 나는 그것을 안다.

나는 내 젊은 시절이 싫다. 답답하고 외로웠다. 그러나 담배 연기 자욱한 골방, 어학카세트, 들국화, 뒹굴뒹굴, 희희낙락들이 생각날 때면 그리움 비슷한 감정이 맘의 표면을 감싸는 것을 느낀다. 아리하다. 사라져 간 모든 것들은 그렇게 가슴에 남는 법인가?

20살 시절 우리에게 2000년대는 아득했다. 막연히 40살 정도가 될 것이라 생각했지만 그런 날이 실제로 올 것 같지는 않았다. 그러나 지금은 친구들과 어울렸던 그 시절이 실제로 있었나 싶을 정도로 아련하다. 시간과 기억 그리고 인간..... (2013년)

모든 지하 보물창고로부터는 자기 자신의 것이 가장 늦게 발굴되는 법이다.(니체) 역도가 김해로 왔다. 추리닝 앞 지퍼를 풀어 헤친 채, 사실은 지퍼가 잠기지 않는 것이지만, 구겨 신은 운동화를 질질 끌며 체육관에 들어섰다. 나는 자신 있게 말할 수 있다. 대한민국에서 배드민턴을 치는 사람 중 배는 역도가 최고라고. 그 배를 본 나이 많은 연배들은 대놓고 배가 왜 그렇냐고 말을 걸곤 한다.

배 지적질을 하며 인사를 하는 것이다. 예의가 아닌 걸 알면서도 그렇게 하는 것은 그만큼 역도의 배가 인상적이기 때문이다. 그 배를 본 나이 어린 친구들은 저 배로 허리가 굽혀지는지 의아해 한다. 물론 아무도 그 생각을 입 밖으로 내뱉지는 않는다.

역도의 배가 이 꼴이 된 것은 내 책임이 크다. 부산 전자공고에서 함께 운동하다 내가 김해로 클럽을 옮기면서 혼자 남게 되었다. 내성적인 역도는 의지할 바를 잃고 운동을 안 하게 되었다. 여기에 순둥이를 직업으로 여기는 사람이고 보니 술 마시자는 요청을 거부하지 못하고 허구한 날 술을 마시게 되었다. 급기야 작년 겨울에는 위궤양으로 입원을 하는 사태까지 발생했다.

왜 그렇지 않은가? 해설 잘 하는 사람이 운동 잘 못하고, 의사들이 큰 병에 걸리듯 남의 일이라면 발 벗고 나서는 역도는 자기에 관한한 거의 문외한에 가깝다. 한 가지 애착에 있다면 키높이 구두 정도다. 170cm에 대한 간절함 때문인지 키높이 구두에 대해서만은 결코 양보하지 않는다.

한편 김해 클럽에는 30살로는 도저히 보이지 않는 수진이 있었다. 패딩 점퍼를 입고 큰 배드민턴 가방을 매고 가는 뒷모습은 영락없는 초등학생이다. 그러나, 물론 나중에 안 사실이지만, 결코 가벼이 볼 사람은 아니었다. 혹자는 가벼이 볼 사람이 아니라는 의미에 대해 궁금해 할 수도 있다. 하지만 나는 이 부분에 대해서 함구할 작정이다. 가령 사람 그래 안 봤는데 실망했다, 다시는 연락하지 마라 등과 같은 협박이나, 고기 사 줄 테니 얘기 좀 해달라는 유혹이나, 참 잘생겼다, 다리가 길다, 머리가 작다, 몸매가 탄탄한 게 참 보기 좋다 등의 회유, 비밀을 하나씩 까자는 협상에도 나는 넘어가지 않을 것이다. 아무튼 보기와 달리 수진은 가벼이 볼 사람이 아니다.

수진은 누구에게 먼저 말을 거는 경우가 없었고, 대답은 짧았다. 주의를 기울이지 않으면 존재 자체가 눈에 잘 띄지 않았다. 본인도 그걸 원했는지 자세는 구부정하고 행동은 슬로우 모션 같았다. 게다가 그 나이 또래 여자들이 외모 가꾸고, 커피숍에서 수다 떨고 있을 때 격렬한 운동을 하고 있으니 처음엔 이상하게 보일 수밖에 없었다. 그러나 몇 번의 대화 후 선입견은 날아갔다.

표정이 많고, 감각은 탁월했다. 자연 대화는 즐거웠다. 특히 활짝 웃는 모습은 깜짝 놀랄 만큼 맑았다.

술자리의 화제가 어디로 향할지 모르듯 사람과의 관계 역시 갈 곳을 몰라 헤맨다는 느낌을 자주 받는다. 수진은 어찌어찌하여 내 카페의 글들을 모두 읽게 되었다. 자연히 글에 자주 등장하는 역도의 존재에 대해 인지하고 있었다. 이제 두 사람이 만나면 이야기가 만들어지는 것은 자명한 사실이었다.

역도는 예상대로 한 게임 후 헉헉거리며 체육관 끝에 앉아 있었다. 수진은 반대편 끝에 있었다. 나는 수진을 불렀다. 역도를 소개했다. 우리 클럽 준회원이고, 이 사람이 글에 자주 등장하는 역도라고. 순간 수진의 눈은 커졌고, 두 손은 입에 모아졌다. 잠깐 동안의 정지 후 다소 떨리는 목소리로 말했다.

"이 분이 '나는 모른다, 그럴 리가 없다, 이건 뭔가 잘못 됐다'고 조언하고, 운전면허 3번 취소당하고, 자기 일 외에 뭐든 열심히 잘하고, 어묵과 김치만 먹는 채식주의자고,

말문이 한번 터지면 아무도 말 못 한다던..."
나는 고개를 끄덕였다. 뭔지 모를 자랑스러움이 가슴을 휘감았다. 그리고 답했다.
"역도!"

잠깐 동안의 침묵이 흘렀다. 수진이 말했다.
"꼭 연예인 보는 것 같네예."

이리하여 역도는 연예인이 되었다. 그에게 전혀 새로운 삶이 펼쳐진 것이다. 다음날 수진에게 연예인과 술 마시고 싶냐고 물었더니 영광이라는 답을 주었다. 이번에는 역도에게 전화를 했다. 연예인으로서 품격과 품위를 지키라는 당부의 말을 했다. 역도는 알았노라 답한 후 말을 이었다.

"제가 요즘 신영복 선생님의 '감옥으로부터의 사색'을 읽고 있습니다. 그 고귀한 사람을, 그 참혹한 곳에, 그 오랜 세월을..... 신영복 선생님은 삶을 성취한 위대한 사람입니다."

'저는 제가 짊어지고 갈 삶의 무게가 얼마만한 것인지는 모

르지만 그것을 감당해낼 힘이 나의 내부에, 그리고 나와
함께 있는 수많은 사람들 속에 풍부하게, 충분하게 묻혀
있다고 믿습니다. 슬픔이나 비극을 인내하고 위로해주는
기쁨, 작은 기쁨에 대한 확신을 갖는 까닭도 진정한 기쁨은
대부분이 사람들과의 관계로부터 오는 것이라 믿기 때문
입니다. 그것이 만약 물질에서 오는 것이라면 작은 기쁨에
대한 믿음을 갖기가 어렵겠지만 사람과 사람과의 관계로
부터 오는 것이라면 믿어도 좋습니다.'
(감옥으로부터의 사색 중에서)(2016년)

앙증맞은
손

단단한 모든 것은 사라지기 마련이다. 공주박 주변에 남자 직원들이 모여 들었다. 공주박의 우아함과 고급스러운 매너는 신비로움을 자아낸다. 눈을 내리깔고 걸을 때면 기품과 도도함이 느껴진다. 그런 분위기에 매료되지 않을 남자는 없다. 문제는 그날 우리의 주인공 김1도 그 자리에 있었다는 사실이다. 술과 안주에만 반응하고, 술과 안주에만 맘이 설레는 놈이 그 날은 무슨 조화인지 공주박 자리 주변을 서성이고 있었다. 김1은 사무실 모든 동료들을 분노케 한 삼겹살데이의 주인공이기도 하다.

김1 외에도 두 명의 남자가 더 있었다. 세 명의 남자는 슬리퍼에 짝다리를 짚은 채 공주박 자리의 파티션 위에 손을 얹은 채 노닥거리고 있었다. 이 장면을 쉽게 묘사하자면, 똥개와 도사견과 불도그가 공주박에게 손등이 보이도록 늘어뜨리고 있었다고 연상하면 무리가 없을 것이다. 공주박의 시각에서는 족발 6개가 'ㄱ'자로 걸려 있는 모양이었을 것이다.

물론 똥개와 도사견과 불도그의 대화는 저열하고 비루했다. 멀쩡한 사람 모함하고, 친한 사람들 이간질하고, 뛰어난 사람 폄하하고, 성실한 사람 머리 나쁘다하고, 똑똑한 사람 헛똑똑이라 하면서도 자신들은 일방적인 피해자이고, 자신들이 이렇게 비천하게 사는 것은 정당하게 살았기 때문이라고 서로가 서로를 변명해 주고 있었다. 공주박의 입장에서는 기가 찰 노릇이지만, 똥개와 도사견과 불도그의 입장에서는 짙은 동지애를 느끼는 시간이었다.

사람 사이의 관계가 어디로 향할지 모르듯, 술자리의 화살이 누구를 찌를지 모르듯, 똥개와 도사견과 불도그의 대화 역시 목적지가 있는 것은 아니었다. 결국 그들 똥개와 도사견과 불도그의 대화는 나쁜 친구를 사귀지 말자로 귀결되었다. 듣고 있던 공주박은 어이가 없었다. 공주박은 그들의 만행과 추태를 하루 이틀 보아 온 게 아니었다. 술 마시자며 치근대고, 술 같이 안 마셔줬다고 징징거리고, 술 냄새 풍기며 전날의 역사를 날조하고, 멀쩡한 사람을 이상한 사람으로 만드는 그들의 저열함과 천박함은 속을 뒤틀리게 하고도 남는 것이었다.

공주박은 저성과자 해고를 쉽게 하는 노동법 통과를 노동자들을 위해 해야 한다고 주장하는 이상한 사람들과 그들 똥개, 도사견, 불도그는 비슷한 종류의 사람이라고 생각했다. 그러나 우리의 공주박은 우아함과 신비감과 기품을 가진 사람으로서 그들과 같을 수 없었다. 공주박은 특유의 기품서린 목소리로 말했다.
"김1님, 손이 참 앙증맞네요."
파티션에 늘어뜨린 김1, 즉 불도그의 손에 대해 공주박이 마음 없는 칭찬을 했다.

"제가 얼굴은 좀 그래도 손은 예쁜기 맞습니다. 역시 공주
박님의 안목은 명품이십니다. 하하하."
늘어뜨렸던 그 손을 들어 딸랑딸랑해 보이며 불도그가
말했다. 그의 얼굴은 미소 범벅이 되었다. 공주박의 입장
에서는 그냥 의례적으로, 빨리 자신의 자리에서 사라져 주
기를 바라서 한 얘기지만, 그 말은 공주박의 의도를 벗어나
전혀 엉뚱한 곳으로 상황을 몰고 가는 계기가 되고 말았다.
공주박의 칭찬은 여러 층위에서 혹은 서로 중첩되며 파급
되었다.

첫 번째 반응은 똥개로부터 나왔다.
"쳇, 내가 욕을 안 할라고 했는데, *발!"
똥개는 어이가 없었다. 그것은 사기꾼과 거짓말쟁이가 정
직과 진실을 말할 때 그것을 듣고 있다 자신도 모르게 "쳇"
한 다음, 단어 첫머리에 개가 들어가고, 쌍시옷이 난무
하고, 십 단위의 숫자들이 등장하고, 머리에 꽃을 꽂은 여
자가 나오고, 날지 못하는 새와 해를 세는 단위가 합쳐진
말들을 내뱉는 것과 같은 반응일 것이다.

똥개의 반응이 욕이라면 도사견의 반응은 절망이었다. 도
사견은 머리를 숙였다. 머리를 들면 마음속의 불길이 뿜

어져 나올 것만 같았다. 도사견은 파티션 위의 손을 조용히 거두었다. 그리고 자신의 자리로 돌아갔다. 찬물을 한잔 들이켰다. 공주박에 대한 배신의 감정이 그를 휘감았다. 그것은 이내 세상에 대한 분노로 나아갔다. 도사견은 꼼짝할 수 없었다.

반면 앙증맞은 손은 기고만장했다. 만나는 사람마다 딸랑딸랑 손 인사를 했고, 손을 깨끗이 씻었으며, 사무실 비품들을 정돈하고, 바닥에 떨어진 휴지를 주웠다. 심지어 인형을 바르게 정리하고, 꽃을 만지작거리기도 했다. 주위의 비아냥도 신경쓰지 않았다. 불도그의 삶은 앙증맞은 손으로 명명된 그 순간에 변해 버렸다. 신밧드가 마술램프를 문지른 바로 그 순간처럼.

똥개와 도사견은 착잡했다. 불도그 아니 앙증맞은 손을 따라하기는 싫었다. 인간은 맘이 향한다고 몸이 자동으로 움직이지 않는다. 또 몸이 간다고 마음이 검열 없이 가지도 않는다. 인간은 그를 둘러싸고 있는 환경이 그를 그 속으로 밀어 넣어 주기만을 애타게 기다리는 존재일 지도 모른다.

똥개와 도사견은 그것이 뭔지 모르지만, 그것을 기다리며
오늘도 어느 모퉁이에서 쓰고 달콤한 그것을 마시고 있을
것이다. 오늘따라 그들의 술이 탐난다. 벌써 군침이 돌고
있다. 그러나 공주박에게는 아무 일도 일어나지 않았다.
(2016년)

"니 원래 종북 아니었나?"

"아니 행님 거기서 종북이 와 나옵니까?"

"세태가 글찮아."

"행님 아무리 그래도 주식 얘기하는데 종북 그기 말이
됩니까?"

"내 말은 니 말 이면에 배후 세력이 있다는 거다."

"배후는 무슨 개풀 뜯어 묵는..."

"그라면 하나 물어보자. 니 지금 주가에 만족하나?"

"주식이 가야 만족하든가 하죠."

"불만이제?"

"당연히 불만이죠."

"그래 그런 기라. 불만, 불만 세력, 종북. 내 말 틀리나?"

"하지 심정을 알것다."

"하지? 낮 길이?"

"내 참, 미군정 사령관했던 놈."

"아! 일리노이 촌놈, 근마 말하는 기가. 갸가 니하고 뭔
상관이고?"

"이승만이가 근마도 빨갱이로 몰았다데예."

"와?"

"지 맘에 안 들었겠지예. 근마 엄청 반공주의자였는데.
코미디죠."

"글나."

"원조하고 환율 이런 거 가꼬 마이 싸웠다데예."

"하지도 이승만이 좆나게 욕하고 그랬데예."

"근데 니 좆할 때 받침이 뭔 지 아나?"

"시옷이죠."

"참 문제다. 좆도 모르는 기."

"시옷 맞는데...."

"좆까고 있네. 지읏이다."

"언제 바뀌었습니까? 내 학교 댕길 때는 시옷이었는데."

"그래서 사람은 자고로 세태를 알아야 된다니까."

"지읏 확실합니까?"

"확실하다. 시옷하고 지읏 가꼬 치열하게 논쟁했는 갑더라. 결국 지읏으로 통일됐다."

"좆도 나름 역사가 있네예."

"세상에 역사가 없는 기 어딘노."

"행님 원래 좆 얘기 하는 거 아니었잖아."

"하지 얘기하고 있었나?"

"아이죠. 종북 얘기하고 있었죠. 행님이 내보고 종북이라 케서 내가 빡친거고."

"근데 니는 니가 하지하고 동급이라 했다이가."

"아이지예 행님. 나는 단지 하지의 심정을 알 것 같다 그거라니까. 달 보라니까 와 손가락보고 그랍니까."

"우리는 달 안 본다."

"와예?"

"달 본다고 돈이 되나 밥이 되나! 손가락을 봐야 돈이 되지. 콩고물 묻은 손가락."

"부패를 부러워해라 그겁니까?"

"안 부럽나?"

"쬐끔 부럽기는 합니다."

"밥 무러 가자."

"행님, 나는 무상급식 받을 랍니다."

"철회한다고 난린데. 경남도민으로서 홍씨 아저씨....
사과하꾸마. 부끄럽다."

"무상급식이 아니고 원래는 의무급식이죠."

"의무급식?"

"국가가 뭡니까? 세금 와 냅니까? 우리나라는 간접세
좆나게 많아요. 내 술 묵은 거 세금만 해도.... 비겁하게
간접세만 올리고."

"그건 그거고 근데 니가 와 무상급식을 받는데?"

"의무급식이라니까."

"글타 치고."

"행님이 밥 사야지. 그게 행님 의무라고."

"틀린 말은 아이네. 뭐 묵고 싶노?"

"순대곱창전골."

"그거면 되나?"

"소주 한잔... 톡. 캬!"

"오늘 니가 한 말 중에 제일 좋은 말이다. 가자."(2015년)

도덕은 도덕성을 상실했다. 퇴근 후 동료 4명과 술집으로 향했다. 안주는 물론 삼겹살이었다. 미성년자 코스프레로 모두를 분노케 했던 김1이 그 동안의 침묵 혹은 근신을 끝내고 다시 전면에 나섰다. 뻔뻔함을 연습하는 학원을 다녔는지 더 직접적이고도 강한 도발을 해왔다.

최근 문을 연 식당에 동그랗게 둘러앉았다.

김1은 김2에게 안쪽에 앉을 것을 권했다. 그러고 자기는 간이의자를 가져와 복도 쪽에 자리했다. 김2는 30대 중반으로 작년 말 인사이동으로 우리와 합류했다. 김2는 뭉치고, 튀어나오고, 벗겨진 우리들과는 비교가 안 될 정도로 길고 세련됐다는 게 우리와 다른 유일한 차이라 할 수 있다. 그러나 나이 때문인지 아니면 고참들의 강렬한 카리스마에 눌렸는지 그것도 아니면 원래 그런 것인지 김2는 어리버리한 순둥이로 자리를 지켰다. 이때까지는 모든 게 아름다웠다.

김1의 강요로 김2가 앉았다. 김2의 옆에는 박, 그 양 옆에 나와 정이 자리했다. 박이 앉은 자리 뒤 벽에서는 근 사한 조명이 뿜어져 나오고 있었다. 박은 돋보였다. 피부는 하얗고, 맑게 빛났다. 박은 고기가 국산이냐고 물었다. 종업원은 아니라고 답했다. 박은 국산이 아니면 맛이 없을 거라 말했다. 나는 까칠하게 굴어도 흉이 되지 않는 피부 톤이라 생각했다. 물론 김1은 이런 것 따위는 모른다. 앞에 술이 있고, 삼겹살이 테이블 위에 놓였기 때문이다.

우리는 모두 촐촐했다. 시간이 다르게 흐른다는 사실은 여러 상황에서 명확한 것 같다. 좋아하는 사람과 있는 시간과 싫어하는 사람과 있는 시간이 같을 리 없다. 늦잠을 잔 아침출근 시간과 교육을 받는 시간이 같을 리 없다. 김1은 불판이 달궈진 것을 확인한 후 고기를 얹기 시작했다. 김1은 언제나 고기 굽는 일에 정성을 다한다.

고기가 익기까지 시간은 느리게 간다. 노릇노릇한 삼겹살을 기다리는 시간은 전자레인지의 초가 흘러가는 것과 같은 혹은 컵라면이 다 되기까지 기다리는 것과 같은 초조한 시간이다. 사람들의 모든 시선은 불판에 고정된다. 그것은 몰입에 가까운 집중이다. 누구도 말을 하지 않는다. 그저 집중할 뿐이다. 고기는 영원히 익지 않을 것처럼 느껴진다. 고기가 익기까지의 시간은 귀밑 뺨에서 조용히 땀이 흘러내리는 긴장과 초조의 시간이다.

입안은 침의 세상이 된다. 샘솟는 대로 침을 삼키는 것은 왠지 모를 굴욕이다. 한 데 잘 모아 두는 것이 중요하다.

또 고기 한 점을 자기 앞으로 가져와 뒤집어가며 굽는 행위는 자칫 치졸하게 보일 수 있으므로 특별한 경우를 제외하면 하지 말아야 한다. 고기는 불판의 온도가 아니라 사람들의 집중과 침, 긴장, 초조 때문에 익는다.

첫 고기를 삼킨 후 이야기가 시작되었다. 첫 주제는 저성과자 문제였다. 김1이 말했다.

"모두 엿된 거죠."

냉소와 분노가 섞여 있었다.

정이 덧붙였다.

"미친 거 아이가. 회사가 저그 맘대로 저성과자라 하면 전부 해당되는 건데. 정상이 아닌기라."

내가 끼어들었다.

"어이 김저성과자, 니 우짤래? 김저성과자의 삶 참 고달프것다 그쟈?"

김1은 발끈했다.

"아니 행님 낙인찍지 말라니까! 말을 그래뿌면 실제 그래 된다니까?"

저성과자가 아닌 박은 이야기에 낄 자격이 없었다. 조용히 소주를 홀짝이고 있었다.

저성과자 해고에 대한 대화는 끝을 향해 달리고 있었다. 거기에는 박근혜가 있었다. 무식한 x, 닭 x 그리고 더 심한 동물과 숫자가 등장하는 욕들이 난무했다. 감정이 격했지만 우리들의 욕은 전적으로 온당했기에 제어의 필요성은 없었다. 다음은 잘릴 것에 대한 대책으로 프랜차이즈 투자에 대한 말들이 오갔다. 업종, 전체 투자금액, 1/n 금액, 투자자 숫자, 점포의 위치 등에 대해 제각각 의견을 냈다.

드디어 우리의 주인공 김1이 등장했다.
"그 투자를 내 성형하는데 쓰는 기 나을낀데!"
모두들 기가 찼다. 도대체 그런 얘기가 나올 시점이 아니었기 때문이다. 회사 잘릴 것에 대비해 부업을 하자는 것에 대해 자기 성형 얘기를 꺼내다니! 정상인이라면 결코 그런 짓을 하지 않을 것이다. 그러나 어디 멘탈갑 김1이 여기서 물러날 사람인가! 김1은 한발 더 나아갔다.

"조금만 손대면 정우성 정도는 될 낀데."
잠깐 동안 모두 침묵했다. 첫 일성은 박으로부터 나왔다. 박의 반응은 격렬했다.

"세상에 아무리 의학 기술이 발달해도 그렇지 내 참 기가
차서. ..."
본인이 흥분한 상태라는 걸 알았는지 박은 잠시 말을 멈
추었다. 에스트로겐의 위대한 작용이라는 것을 나는 직감
했다. 차분하고 이성적인 호르몬, 인간을 인간이게끔 하는
호르몬. 그 반대에서 지금 김1을 지배하는 호르몬은 테
스토스테론일 것이다. 들뜨고, 흥분되고, 비이성적인 짓을
하게 만드는.

젊은 수컷은 테스토스테론을 감당하지 못한다. 그래서 육
체의 에너지를 주체하지 못한다. 땀을 흠뻑 흘리는 것 외
에는 뚜렷한 해결책이 없다. 남자가 나이를 먹는다는 것은
테스토스테론이 감소하면서 침착해져가는 과정이고, 여자
가 나이를 먹는다는 것은 에스트로겐이 감소하면서 들
뜨고, 쉬이 버럭 하는 것에 다름 아니리라.

"해도 해도 너무한 거 아이가! 아무리 그래도 그렇지 니
한테 정우성을 갖다 대는 거는 꼭 박근혜가 서민경제 걱정
하는 것같이 들린다. 사이코패스 짓 좀 하지 마라!"
다시 박이 말했다. 박은 아직 에스트로겐이 지배하는

나이임에도 그리고 잠깐 동안의 큰 쉼 호흡에도 분노가 삭혀지지 않았던 게 분명하다. 그것은 김1의 도발 자체가 너무 강렬했다는 사실을 반증한다.

그러거나 말거나 김1은 상추를 댄 깻잎에 가장 크고 노릇노릇 잘 익은 삼겹살을 젓갈에 찍어 얹고, 그 위에 쌈장을 듬뿍 찍은 굵은 마늘 그리고 또 그 위에 파조리개를 한 젓가락 올린 후 그걸 입으로 가져가고 있었다. 그게 입에 들어가는 것이 신기할 따름이지만, 김1 본인은 그것들을 씹으며 만족스러운 돼지의 미소를 짓고 있었다.

다음은 정이 나섰다. 김1의 먹는 모습을 보고 있노라면 인간의 탐욕과 저열함이 생각났을 것이다.
"니 꼭 이명박 같다. 도덕적으로 완벽한."
박은 그 비유가 참 적절하다며 박수를 쳤다. 김2는 나이의 중압감 때문인지 아니면 여친 생각을 하는지 그것도 아니면 아직 배가 고팠는지 오직 먹고만 있었다. 나는 폭력과 폭력적인 것에 대한 생각을 했다. (2016년)

용감한 놈과 진실한 놈

논쟁, 삿대질, 비하, 막말, 욕설로 나아간 이 이야기는 뺑 튀기로부터 시작한다. 이야기의 등장인물은 보경과 명성, 규찬 그리고 작가 이렇게 4명이다. 작가는 기레기가 아니다. 사건을 최대한 객관적으로 기술할 것을 선언하는 바이다.

작가가 주제넘게 이야기에 개입하냐고 핏대를 높이는 사람이 있을 수 있다는 사실을 잘 안다.

그러나 왜곡과 사기가 일상화 된 세태라 어쩔 수 없는 불가피한 조처라 이해해 주었으면 좋겠다. 자, 그럼 이야기가 시작되는 곳으로 들어가 보자.

"호호호, 이걸 내가 왜 먹고 있지. 규찬님 줄라고 했는데."
보경은 뻥튀기를 입에 물고 새 뻥튀기를 꺼내 규찬에게 건넸다. 불행하게도 규찬 옆에는 명성이 있었다. 명성의 신원에 대해서 작가는 함구할 작정이다. 멀쩡하게 생긴 사람이 이 말도 안 되는 분란에 휘말린 것 자체가 창피한 일이 아닐 수 없기 때문이다.

"보경이, 쟈 돼지 같지예?"
명성이 규찬에게 낮은 목소리로 말했다. '보경이 돼지 설!' 드디어 논쟁과 삿대질과 비하와 막말과 욕설의 서막이 오른 것이다. 규찬은 혹 보경이 들었을까 염려가 되었다. 다행히 보경은 맑게 웃고 있었다. 여기서 보경이 맑게 웃고 있었던 이유를 설명하고 넘어가는 게 올바른 순서일 것이다. 독자들에게 최대한의 정보를 주려다 보니 어쩔 수 없이 흐름을 끊을 수밖에 없다.

보경의 피부는 맑고 깨끗하다. 태풍이 지나고 난 다음 날같이 경이롭다. 작가의 객관적 시각에서 말하자면, 세상 어디서도 그런 피부를 찾기 어렵다. 가꾸어서 도달할 수 있는 수준과는 클래스가 다르다. 세계 피부미인대회가 있다면 보경은 경쟁 상대가 없는 독보적인 1등일 것이다. 보경의 피부는 신비 그 자체다. 그것을 온전히 표현하지 못하는 작가의 무능함이 한탄스러울 뿐이다. 혹 어떤 독자는 작가가 심하게 과장한다고 생각할 수 있겠지만, 한 치의 과장도 없음을 분명히 밝히는 바이다.

눈은 피부보다 더하면 더했지 덜하지 않다. 그 큰 눈은 현실성이 전혀 없다. 맑고 밝고 생기가 가득한 눈. 게다가 콧날은 도도함을 뽐내려는 듯 우아하게 위로 살짝 올라가 있다. 입은 기품을 머금은 듯 작고 도톰하다. 여기에 그것들을 모두 담고 있는 얼굴은 달걀형이다. 글로는 표현이 안 되는 미모다. 혹자는 이영애를 닮았다고 말하지만 그것은 잘못된 비유다. 이영애와 보경은, 말하자면 유해진 옆에 선 정우성이다. 이 말에 작가는 양심을 걸 수도 있다.

보경이 맑게 웃고 있었던 이유는 보경 자신 때문이었다. 자기가 봐도 자기가 예쁜지 보경은 거울에 자신을 비춰볼 때마다 형언할 수 없는 만족스런 표정을 짓는다. 다른 사람들과의 만남이나 대화에서는 그런 표정을 결코 짓지 않는다. 자신과의 만남에서 보경은 최고의 희열을 느낀다. 작가의 객관적인 시각에서 보자면 그러한 보경의 태도는 단연코 합당하고 정당하다.

보경의 흡족한 미소를 뒤로 하고 규찬과 명성은 돌아서 그들의 자리로 향했다. 규찬이 낮지만 단호한 목소리로 말했다.

"돼지는 아니지!"

명성은 규찬의 목소리에 다소 당황했다. 마음 한 구석에서는 그 단호함에 맞서고 싶은 욕구가 꿈틀거렸다. 그러나 나이 많은 고참에게 핏대를 높일 수는 없는 노릇이었다.

"증거가 너무 많아서....."

명성은 얼버무림으로 마무리를 지을 생각이었다. 그러나 규찬은 그럴 마음이 전혀 없었다. 자신이 진실한 사람이라는 믿음과 명성의 삐뚤어진 시각을 고치고픈 욕구가 그를 휘감았다.

"증거 함 대봐라."

규찬이 말했다. 규찬의 공격적인 어조는 명성의 수세적인 자세를 변하게 하는 계기가 되었다.

여기서 잠깐 명성이 '보경이 돼지설'을 제기할 수밖에 없는 사건 하나를 언급을 하고 넘어가야겠다. 어떤 조화였는지 보경과 명성은 같이 점심을 먹게 되었다. 명성이 식당 문을 열려는 순간 어떤 손이 자신의 엉덩이를 움켜잡았다고 한다. 명성 뒤에는 보경밖에 없었고 그러므로 그 손은 보경의 것이었다라고 명성은 주장했다. 이 사건은 이후 '명성 엉덩이사건'으로 명명되었다. 작가의 임무는 진실을 밝히고 그것을 기록하는 것이다. 모름지기 시시 비비를 가림에 있어서는 억울한 사람이 없도록 해야 한다.

'명성 엉덩이사건'의 진상을 밝히는 것은 쉬운 일이 아니었다. 증인이 없는 상황이므로 합리적인 의심과 당사자들의 진술 그리고 과학적인 추론을 통해 진실에 접근할 수밖에 없었다. 여러 가설들을 세우고 그것들을 하나하나 치밀하게 검증하는 절차를 밟아 나갔다.

첫 번째 가설은 명성의 '상상설'이다. 작가의 객관적인 시각에서 봤을 때 보경의 미모는, 보고 있는 사람이 빨려 들어갈 수준이므로 명성이 그런 보경을 흠모하고 있었고, 그것이 그로 하여금 보경이 결코 할 리가 없는 짓을 상상으로 지어냈다는 설이다.

'명성 엉덩이사건'에 대한 두 번째 가설은 '유도설'이다. 명성이 보경으로 하여금 엉덩이를 주무르게끔 유도했다는 것이다. 사실 이 설은 쉬이 수긍이 가지 않는 다. 비록 명성이 사무실 천정에 손이 닿을만큼 키가 큰 것은 사실이지만 밸런스가 좋은 것은 아니다. 오히려 상체가 길고, 다리가 짧다. 엉덩이가 빵빵한 것은 더더욱 아니다.

그럼에도 불구하고 유도설이 힘을 얻는 이유는 세상에는 유도하지 못할 게 없다는 사실 때문이다. 폭탄도 유도하고, 북풍도 유도하는 세상인데 그깟 엉덩이쯤은 일도 아닐 것이다. 가령 명성이 보경 이마의 미세한 뾰루지에 대해 입어 담지 못할 지적질을 했고, 그것에 대해 좋지 않은 감정을 품고 있었던 보경이 욱 하는 성질을 참지 못하고 엉덩이를 만졌을 개연성은 얼마든지 있다고 봐야 한다. 이

것이 사실일 경우 명성은 아주 파렴치한 나쁜 놈이란 결론에 다다르게 된다.

다음은 '발헛디딤설'이다. 보경이 발을 헛디뎌 넘어지면서 엉덩이를 움켜잡았다는 설이다. 이영애를 정우성이 옆에 선 유해진으로 만들어버릴 정도의 미모에다 사람의 맘을 일거에 녹이는 깜찍한 애교와 다소곳한 성격을 가진 보경이 남자 엉덩이를 주물럭거릴 이유는 없다. 비록 본인의 자백이 있었다고는 하나 그것을 곧이곧대로 믿을 수는 없는 노릇이다. 보경의 심성을 감안했을 때 자신이 모든 걸 안고 간다는 심정으로 허위자백을 했을 가능성이 있기 때문이다.

다음은 '고문설'이다. 이 설은 보경의 자백 자체가 조작되었다는 설이다. 작가의 냉철한 눈으로 봤을 때 보경은 맘이 곱고, 여리다. 누군가 그토록 아름답고, 여린 보경을 고문, 협박해서 엉덩이를 만졌다는 자백을 이끌어냈다는 것이다. 예나 지금이나 예쁘고, 여린 사람이 손해 보는 세태를 생각하면 비통한 맘을 금할 수가 없다.

다음은 '모함설'이다. 사실 보경 정도의 외모는 주위로부터 시기와 질시의 대상일 수밖에 없다.

게다가 보경은 잘 베풀고, 남을 배려하는 이타적인 성격을 가지고 있다. 그러나 아름답게 빛나는 미모는 그 모든 것을 묻어 버린다. 아름다운 사람이 선행을 하면 그걸 두고 재수 없다는 둥, 잘난 척 한다는 둥, 연기한다는 둥 곧이곧대로 믿지 못하는 것이 일반인들의 생각이다. 애석하기 짝이 없는 노릇이다.

이 외에도 '명성 엉덩이사건'에 대한 과학적인 추론은 더 있을 수 있다. 그러나 이 글은 '명성 엉덩이사건'에 관한 것이 아니다. 이 글의 중심은 어디까지나 '보경이 돼지 설'에 대한 논란이다. 중요하지도 않은 '명성 엉덩이사 건'을 가지고 많은 지면을 할애하는 것은 에너지의 낭비일 뿐이다. 얼른 결론을 짓고 주제로 돌아가야 한다는 의무 감은 점점 강해지고 있다. 지금까지의 합리적인 추론은 상상설, 유도설, 발헛디딤설, 고문설, 모함설 등이다. 나름 진실을 향한 힘겨운 여정이었다. 언제나 결론은 고뇌에 찬 그것일 수밖에 없다.

'명성 엉덩이사건'은 상상과 유도와 발헛디딤과 고문과 모함의 상호작용에 의한 것이었다가 그 결론이다.

어떤 현상이건 그것이 우리 눈에 나타나기까지는 그 아래 수많은 원인들이 복합적으로 작용하기 마련이다. 그래서 진실 역시 복합적일 수밖에 없는 것이다. 이것으로 '명성 엉덩이사건'은 마무리되었다. 이제 명성이 보경을 돼지라고 주장한 근거를 들어볼 시간이다.

"보경이 책상을 함 보십시요. 묵을 끼 널브러져 있습니다. 돼지가 아니고서는 그럴 수 없습니다."
명성은 돼지를 힘주어 발음했다. 규찬 역시 평소 그것을 보아온 터라 책상 위에 먹을 것이 많다는 사실은 거부하기가 어려웠다.
"책상 우에 묵을 끼 많다는 거하고 돼지라는 거하고 무슨 상관이고?"
규찬이 말했다.
"많이 묵는 사람 주위에 묵을 끼 많지, 적게 묵는 사람 주위에 묵을 끼 많겠습니까?"
명성이 다시 반박했다.
"니도 알다시피 보경은 아름답기만 한 기 아이고 친절하고 남을 배려하는 성격 아이가. 지 책상 우에 그것들은 주위 사람들한테 나눠 줄라고 올려놨을 끼다. 틀림없이."
규찬이 말했다.

"잠깐 규찬님, 보경이 아름답고, 친절하고, 배려한다고 했습니까? 보경에 대해 뭘 알기나 한 겁니까? 저 정도 외모 천지빼까립니다."

명성의 말에는 짜증이 묻어났다.

"니가 아직 인생을 덜 살아서 뭐가 이쁘고 뭐가 친절한 건지 모르는 거 아이가? 저만한 미모에 저만한 심성을 쉽게 볼 수 있을 것 같나?"

규찬의 목소리는 조금씩 높이지고 있었다.

"인생 저도 마이 살았습니다. 30대 중반이면 알 꺼 다 알고, 할 꺼 다 했습니다. 제가 덜 산 기 아이고 규찬님이 마이 산 거 아입니까?"

명성도 덩달아 톤이 높아지기 시작했다.

이후 삿대질과 막말, 욕설로까지 나아간 구체적인 이야기는 하지 않는 것이 좋으리라. 아름답지 않은 일들을 구체적으로 언급하는 것은 태풍에 날아다니는 주인 없는 우산과 같이 너저분한 일이기 때문이다.

그래도 독자를 배려하는 차원에서 결론은 언급하고 넘어가는 것이 예의라 생각된다. 규찬과 명성은 그날 저녁 소주를 마시며 뭉친 감정을 풀고 의기투합 했다. 보경은 어떻게 되었냐고? 보경은 논쟁에 끼지 못한 것처럼 술좌석에도 끼지 못했다. 결과적으로 두 남자의 끈끈한 관계 형성은 보경의 약점들이 결정적인 역할을 한 셈이 되었다.

이제 마지막 의심을 해결해야 할 차례다. 눈치 빠른 독자는 규찬과 작가의 논조에 대해 의심의 눈초리를 보낼 것이다. 규찬과 작가가 같은 사람일 것이라는 추론은 합리적이고도 정당하다. 그러나 100% 정답이라 하기에는 미묘한 문제가 있다.

인간은 안에 수많은 자기와 함께 살아간다. 규찬 안에 작가가 있는 것인지 작가 안에 규찬이 있는지조차 불분명하다. 또 다른 제3의 자기도 존재할 것이다. 사람들은 상황에 따라 다른 자기를 끄집어낸다. 호탕한 자기와 소심한 자기는 같이 살아간다. 섬세한 자기와 얼렁뚱땅한 자기 역시 함께 존재한다. 어색한 장소에서 웃음과 호의와 친절을 가장하고 연기하는 자기와 그것을 바라보는 또 다른 자기 또한 함께 있다. 바라보는 자기를 언제까지 모른 척하고 살 수는 없는 노릇이다. (2016년)

모든 원인은 결정적인 원인 하나를 향해서 맹렬히 돌진한다. 40대 중반은 걱정이다. 수컷의 세계에서 어릴 적 친구들을 온전한 이름으로 부르는 경우는 거의 없다. 나이가 어린 수컷이나 중년의 수컷이나 다르지 않다. 피부가 까맣다고 해서 시커먼스, 대머리여서 벌떡이, 분위기 있다고 해서 색깔, 왜인지 모르지만 산뽀, 검고 덩치가 커서 흑곰, 많이 먹는다고 해서 소새끼 등 주로 외모와 습생의 특징적인 부분을 별명으로 부른다. 나로 말하자면 물론 동물 쪽에 가까웠다. 난감한 경우는 욕이나 배설물이 별명

일 경우다.

몇 년 전 누나의 초등학교 동창 형님 한 분이 사무실로 놀러 왔다. 그 형님을 본 게 20년도 더 됐지만 단박에 알아볼 수 있었다. 작은 키에 시커멓고 촌빨의 모범을 보여주는 얼굴 생김새. 나는 반가운 마음에 그 형님을 크게 불렀다.

"똥개 행님!"

아차 싶었다. 똥개형님의 얼굴이 붉어졌다. 어떻게든 빨리 수습을 해야 했다.

"똥개행님, 사실 똥개행님 이름을 모릅니다. 똥개행님 이름이 뭡니까?"

작은 목소리로 물었다.

"순영. 김순영." 똥개형님이 답했다.

나는 그날 촌빨 날리는 똥개형님의 이름이 예쁜 여자 이름이라는 사실을 처음 알았다.

'똥개행님 미안. 이해하이소.'

아무튼(한글 맞춤법이 예전 아뭏든에서 아무튼으로 바뀌었다고 합니다. 소리 나는 대로 표기하는게 맞지 않나 생각됩니다. 그런 면에서 자장면이 짜장면으로 바뀐 것을 환영합니다. 오늘 점심은 느끼한 자장면 대신 고추 가루 팍팍 뿌린 짜장면이 어떨까요?) 친구 두 놈과 밥을 먹게 되었다. 이상하게도 이 두 놈은 어릴 때부터 별명이 없었다. 영민과 안식. 겨울의 끝자락이므로 야구 얘기가 빠질 수 없었다. 두 놈 다 부산의 흔해빠진 야구 전문가였다. 나는 야구에 대한 부산 사람들의 이상한 열광은 상당 부분 최동원에게 책임이 있다고 생각한다.

그는 죽은 후에야 비로소 재평가되었다. 그는 자신의 좋은 삶에 만족하지 않고 공동의 좋은 삶을 추구했다. 그로 인해 주류로부터 소외되었다. 내가 최동원에게 감동을 받은 것은 임종 순간이었다.

임종 직전 의식이 없는 상태에서도 그는 여전히 야구공을 쥐고 있었다고 한다. 그의 어머니가 "니가 내 아들이어서 행복했다. 이제 모든 것 내려놓고 편안히 가거라."고 말했다고 한다. 이 말이 끝난 직후 손에 힘이 풀리면서 야구공이 바닥으로 떨어지고 최동원은 임종했다고 한다.

최동원 어머니의 방송 인터뷰 내용이다. 자랑스럽고, 소중한 아들. 엄마를 그리고 나를 다시금 생각하지 않을 수 없다.

두 놈은 올 시즌 롯데의 전력 분석과 트레이드로 옮겨온 선수 그리고 기대되는 유망주 등으로 대화를 이어 나갔다. 롯데 이야기가 끝난 후 박찬호 이야기로 옮아갔다. 박찬호의 은퇴가 안타깝다는 취지의 말들이 오갔고, WBC 탈락에 대해 결국 병역특례가 없어진 게 주요인이라는데 의견이 모아지는 듯했다. 그러나 그대로 마무리 지을 수는 없었다. 병역특례에 대해서 나는 예전부터 불만이 많았기 때문이다.

병역특례는 모두 없애야 한다는게 나의 지론이다. 국위선양이라는 병역면제의 사유가 전혀 설득력이 없다는 점과 승자독식의 문제점 때문이다. 국위 선양이 병역특례의 이유라면 모든 분야에서 세계적인 성과를 낸 사람들에게 그 혜택을 주는 게 맞다. 가령 외국 학교를 우수한 성적으로 졸업한 사람, 한류 바람을 일으키고 있는 아이돌스타, 세계 각국 언어로 번역된 글을 쓴 사람, 해외에서 선행을 한 사람, 혁신적인 연구성과나 기술을 개발한 사람 등에게도 병역특례가 주어져야 한다.

또한 국위를 선양했다는 이유로 병역특례를 받은 사람들은 이미 경제적으로나 사회적으로 충분한 보상을 받았을 가능성이 높다. 거기에 더해 병역까지 면제해 주는 것은 승자 독식에 가깝다.

2010년 G20의 경제적 파급효과가 21조원이고, 간접적인 효과까지 따지면 450조원이나 된다는 황당한 보고서가 있었다. 실제 외국 언론에서는 G20을 거의 다루지 않았고, 그것을 아는 사람은 관계자 극소수에 지나지 않았다고 한다. 국위 선양을 이유로 병역을 면제해 주는 것과 G20의 경제적 효과를 운운하는 것은 거의 동일한 허구 개념이다.

역사는 병역과 불평등에 관한 중요한 교훈을 준다. 국가의 멸망과 전쟁, 민란 등 사회 혼란을 야기하는 주된 요인은 불평등이었다. 각 국가나 사회가 처한 상황은 다르지만 어떤 요인으로 불평등이 확대되면 그 사회는 안정성을 잃고 혼란 속으로 들어간다.

조선후기는 양반들이 그들의 권한을 확대해나간 사회였다. 물론 그들 내부의 이권 다툼은 치열했지만, 조선후기

양반은 특권을 향유한 반면 의무는 방기했다. 병역으로 부터 자유로웠던 것은 물론이다. 불평등은 돌이킬 수 없는 것으로 고착되었다. 사회는 극심한 보수로 치달았다. 나라는 망하는 데까지 나아갔다. 나라가 망하는 상황에서도 이익을 놓고 치열하게 대립했다. 나라는 망했어도 그들의 이익은 유지되어야 할 신성한 것이었다.

2013년 불평등은 심화되었다. 그리고 고착화되고 있다. 특권층은 그들만의 신분사회를 만들었다. 그들과 그들의 자녀는 어떤 방법으로든 병역을 회피한다. 실제 특권층에게 병역 의무는 없다고 봐도 지나치지 않을 것이다. 조선후기 사회와 지금 우리는 많이 닮아 있다. 권리와 의무 사이의 극심한 비대칭 현상이 나타나고 있다. 지금 우리가 살고 있는 이 시대가 대한민국 말기가 아니라고 누가 자신있게 말할 수 있을까?

나는 병역특례의 전면적 폐지가 맞고, 만약 특례를 존속시키려면 못 먹고 못 사는 사람들에게 주는 것이 합당하다고 주장했다. 친구들은 반론과 현실을 얘기했다. 논쟁이 흔히 그렇듯 설득은 애당초 불가능한 것이다.

다른 생각은 보통 어색함을 남길 뿐이다. 그러나 오랜 친구는 앙금이 남지 않는 법이다.

헤어지고 서면을 걸으며 우울해졌다. 사는 게 점점 위태로워지고 있다는 걱정이 밀려왔다. 먼 얘기, 먼 걱정을 할 나이가 아니라는 생각이 깊이 들어왔다. 걱정은 두려움으로 나아가고 있었다. 화창한 날의 온기가 느껴지지 않는 오후 나는 번화가를 그저 걸었다.(2013년)

무한한 삶을 어찌 알 것인가?

유한한 앎을 가지고

불안과 불신은 습관을 만든다. 그리하여 습관은 습관을
위한 습관이 된다. 회의 끝 무렵 출산휴가에 들어가는
수진씨를 위한 회식 얘기가 나왔다. 그런데 갑자기 수진씨
그 큰 눈에 눈물이 고이더니 이내 뚝뚝 떨어졌다. 나는
맞은편에 앉아 있었기 때문에 그 모습을 김연아 연기를
슬로우 모션으로 보는 것과 같이 자세히 볼 수 있었다.
'눈이 큰 사람은 눈물도 우박같이 굵은가 보다'라고

나는 생각했다. 코가 크면 콧구멍이 크고 콧물이 많듯이.

회의 후 수진씨 눈물의 의미에 대한 의견이 분분했다. 진실은 언제나 감추어져 있다. 그리고 진실은 하나가 아닐 수 있다. 우리는 진실을 찾기 위한 노력을 멈추어서는 안 된다. 뒷사람에게 진실을 알려야할 의무가 우리에게는 있다.

우선 감동설. 자신의 출산 휴가를 챙겨주는 것에 대해 와락 감동의 물결이 밀려 왔다는 설이다. 다수설이다. 두 번째로 부담설. 감동설이 일정부분 작용하고 있는 가운데 눈물의 직접적인 원인은 부담스러움이었다는 주장이다. 상식적인 이에게는 일견 공감이 되지 않는 설이다. 부담스러워 우는 경우는 흔치 않기 때문이다.

그 다음으로 불만설이 있다. 무거운 몸을 이끌고 회식에 참석하는 것에 대한 불만이 눈물로 이어졌다는 설이다. 참고로 나는 불만이 있으면 입이 튀어 나온다. 그 다음은 먼지설이다. 그 얘기가 나올 당시 먼지가 눈에 들어갔기 때문이라는 주장이다.

인공눈물설도 있다. 회의 들어오기 전에 인공눈물을 넣었다는 설이다. 이 설은 뒷받침할만한 증인이 없다는 점에서 치명적인 약점이 있다. 속후련설은 업무로부터 벗어난 것에 대한 후련함이 눈물로 이어졌다는 설이다. 설득력 있는 주장이다.

아쉬움설은 잘 생긴 동료들을 더 이상 볼 수 없음을 아쉬워한 나머지 눈물을 흘렸다는 설이다. 다음은 애처로움설이다. 남은 사람이 애처롭게 보였다는 설이다. 그 외에도 컨디션설이 있었다.

심증은 가지만, 나는 수진씨 눈물의 정확한 의미를 알지 못한다. 우리는 모두 삶에 속한다. 굳이 속지 않으려고 애쓸 이유도 없다. 유한한 앎을 가지고 무한한 삶을 어찌 알 것인가?(은희경 '짐작과는 다른 일들' 중에서) 엄마를 닮은, 예쁜 눈을 가진 딸을 순산하고, 건강하게 돌아오길 기원해 본다.(2014년)

공동의 강한 적은 의미가 된다

함께 겪는 불행은 사람들을 모이게 한다. 그때 우리는 행복한 시대의 분열을 상상할 수 없었다. 금요일 새벽 5시 휴대폰 알람이 울렸다. 그렇지 않아도 무거운 몸이 더 무거웠다. 몇 년 전에 이미 초고도 비만 판정을 받았지만, 살을 빼기 위한 어떠한 노력도 나는 하지 않고 있다. 배고프면 먹고, 시간되면 먹고, 출출하면 먹고, 먹을 게 앞에 있으면 먹고, 스트레스 받으면 먹고, 아프면 더 많이 먹는 돼지로서의 삶에 충실하다. 어제는 목요일이었다. 술 마시는 날.

목요일이면 술을 마신다. 술은 흉측한 현실에 맞서는 하나의 방법이다. 불과 작년까지 술로 스트레스 푸는 것을 이해하지 못했다. 스트레스를 핑계로 술을 마시는 것이라 치부했다. 그런데 최근 고약한 사람을 매일 봐야하는 불행한 상황으로 내몰렸다. 동료들은 모두 부글부글했다. 집단의 스트레스는 커져만 갔다. 그 결과 동료들과 술로 의기투합했다.

신기하게도 뭉쳐있던 어깨가 풀리고, 복잡한 맘이 단순해졌다. 주름진 가슴도 펴지는 것 같았다. 오호 이것 봐라. 술, 동료들과 욕하며 마시는 술! 그날이 목요일이었다. 이후 목요일은 술 마시는 날로 정해졌다. 몇 주일 후 또 다른 작당이 시작되었다. 누군가 주제를 잡는 것이 어떠냐는 아이디어를 냈다. 모두들 좋다고 했다. 이후 일은 빨리 진행되었다. 매주 몇 가지 문제에 대한 토론이 이어졌다.

'가난을 견디는 방법, 저열한 야망형 인간에 대처하는 방법, 회의를 무력화시키는 방법, 싫은 사람 만났을때 대처하는 방법, 뱃살 가리는 방법, 멋있고 예쁘게 보이는 방법, 천천히 뛰는 방법, 기회주의자들을 몰아내는 방법, 진급하는 방법, 뱃살 빼는 법, 답답함을 이기는 방법, 서로가 서로를 지켜주는 방법' 등등.

신기한 것은 답이 없을 것 같은 문제라도 오랜 시간 함께 고민하면 답이 도출된다는 사실이었다. 가령 '대통령이 되는 방법'이나 '어린놈이 반말할 때 대처하는 방법'에 대해 우리는 매우 세밀한 전략과 전술을 가질 수 있었다. 물론 피부가 좋아지는 방법과 같은 주제에 대해서는 저마다의 건강보조식품과 비결을 주장함으로써 합의를 이끌어내지 못한 경우도 있었다.

토론의 결론은 현실에서 기가 막히게 먹혔다. '저열한 야망형 인간에 대처하는 방법'이나 '잔소리에 대처하는 방법' '감정이 격해질 때 대처하는 방법' 등에서 우리는 대성공을 거두었다. 결국 고약한 놈으로 인해 우리는 모였고 작당했다. 우리가 가닿은 곳은 진한 동료애였다. 그곳은 고약한 놈이 지워진 곳이었다.

아무튼 금요일 새벽에 일어난 이유는 서울 교육 때문이었다. 기차 안에서 회사 동료이자 대학동기인 친구를 만났다. 내심 이번 교육에 아는 사람이 거의 없으니 생각과 구상을 실컷 하자며 맘을 먹고 있었다. 물론 혼자 밥 먹는 뻘쭘함은 감수하자며 다독였던 참이었다. 그러나 막상 친구를 만나니 안도감이 더 컸다.

친구는 말을 재미있게 한다. 듣는 사람을 몰입시킨다. 그의 능력을 어릴 때부터 익히 알고 있었다. 친구는 천천히 말하고, 새로운 단어와 기발한 어휘를 구사한다. 다른 사람이 했다면 식상했을 내용이라도 이 친구가 얘기하면 그렇지가 않다. 대충대충 말하는 나와는 대조가 된다. 말에 관해서라면 나는 어디 내놔도 부끄럽다.

친구는 친형님 이야기를 했다. 그게 지금도 남았다. 친구의 형님은 5년 전에 돌아가셨다. 정확히 지금 우리 나이에 돌아가신 것이다. 내 나이에 삶을 마감하다니! 부정했다가 분노하고, 슬퍼하고, 미칠 것 같은 고통 속에서 죽음을 수용하고, 가족들과 이별하고 그렇게 삶을 마감했을 것이다.

혈액암이었다고 한다. 나는 통증에 대해 물었다. 뼈 특히 관절이 녹는 고통을 친구는 말했다. 죽음을 앞둔 며칠 전 형님이 친구를 불렀다.

"같은 공장에서 나왔으니 조심해라. 인생 짧다, 싫은 일 하지 마라, 하고 싶은 일 하고 살아라." 5살 어린 동생에게 한 유언이었다 한다.

실상은 그리 대단한 것이 못 되지만 그것을 수용한 마음은 우리를 의지와 상관없는 곳으로 끌고 간다. 하기 싫은 일을 하며 산다. 수치심은 지워질 수 없는 것이다. 하고 싶은 일이 무엇인지 모른다. 안다고 해도 어쩔 수 없는 일이다. 그리고 할 말을 하지 못한다. 불이익에 대한 두려움 때문이다. 고통 그 자체보다 고통에 대한 두려움이 결정적이듯 불이익 자체보다 불이익에 대한 두려움이 입을 닫게 만든다.

이틀간의 교육으로 나는 너덜너덜해졌다. 그러나 정신을 차려야 했다. 교육을 공지한 날부터 토끼는 '올 때 선물 사오는 것 잊지 마세요'를 반복했다. 나는 당연히 반발했다. 출장이 아니고 교육이라고. 그러나 토끼는 막무 가내였다. 교육도 출장이라고.

나는 상도의가 너무 없는 것 아니냐며 대들었다. 토끼는 집 밖에서 자면 무조건 출장이라 우겼다. 현 정부의 행태를 닮은 이런 식의 우격다짐에는 저항하는 것이 옳다고 판단했다. 나는 토끼의 말이 잊히길 바랐다. 그러나 불행하게도 반복은 힘이 셌다. 반시를 사들고 어디 내놔도 처량하게 비를 맞으며 부산역을 빠져나왔다. 머릿속에서는 단어 하나가 꾸물거렸다. 반항.....(2014년)

1. 아침. "쾅쾅쾅" 문 두드리는 소리가 요란하게 들린다. 못 생긴 데다 지저분한 낙선, 얼굴에 짜증이 가득하다. 하품을 하고 엉덩이를 긁으며 문구멍을 들여다 본다. 잘 생긴 남자 두 명이 서 있다.

2. 낙선, 현관문을 열어준다. 잘 생긴 두 남자는 경찰이다. 낙선에게 주민등급증을 요구한다. 낙선 집안 이곳 저곳을 뒤진 후 주민등급증을 가지고 나와 경찰에게 보여 준다. 주민등급증 클로즈업 된 후 음악과 함께 '주민등급증' 제목이 올라간다.

3. 낙선, 경찰서에서 취조를 받고 있다. 취조하는 사람 역시 매우 잘 생겼다. 주민등급증 갱신 기간 5년을 넘긴 것

부터 시작하여 얼굴에 대한 구체적인 지적과 얼굴을 관리하지 않은 죄까지 추궁당한다.

시간이 흐른 후 예쁜 여순경이 바퀴 달린 기계를 끌고 온다. 그 기계 안에 얼굴을 넣으라고 한다. 낙선은 어리둥절하며 얼굴을 넣는다. 잠시 후 기계 모니터에 점수가 나온다. 경찰은 그것을 보고 인상을 쓰며 크게 한숨을 쉰다. 15점. 낙선은 순진한 얼굴로 경찰관을 본다.

4. flash back. 자막 6년 전. 낙선, 심사위원 앞에 긴장한 채 정자세로 앉아 있다. 심사위원 5명이 앉아 있다. 낙선 심사를 받고 있다. 얼굴 크기와 평소의 얼굴 관리 등의 질문을 받는다. 이어 심사관들 마이크를 끄고 심각하게 의논을 한다. 잠시 후 낙선, 27점을 받은 주민등급증을 받고 심사청을 나온다.

5. 낙선, 유치장에 갇힌다. 유치장 안에는 모두 못생긴 사람들이다. 길 가다 잡혀온 사람, 제보에 의해 잡혀온 사람들. 얼굴이 커서 잡혀온 사람도 있다. 가족과 부인 심지어 자식들의 제보에 의해 잡혀 온 사람도 있다. 모두 억울

함을 호소한다. 서로의 등급을 묻는다. 모두 25점 이하다. 그들 사이에서도 점수 낮은 사람에 대한 은근한 무시가 있다. 높은 점수를 받을 수 있는 다양한 노하우들이 난무한다.

옆의 여자 유치장. 역시 다양한 이유로 잡혀 온 여자들이 수용되어 있다. 특히 화장과 피부, 헤어스타일 등에 얽힌 사연이 많다. 화장을 안 해서 혹은 화장을 잘 못해서 잡혀 온 여자, 피부 톤이 안 좋아서 잡혀온 여자, 헤어 스타일이 얼굴과 맞지 않아서 잡혀온 여자 등 다양하다. 게 중에 눈에 띄는 어린 소녀가 있다. 소녀는 조용히 자리를 지키고 있다. 저마다 억울함을 얘기하느라 유치장은 매우 시끄럽다. 급기야 서로 예쁘다며 머리카락을 잡고 싸운다.

6. 얼굴을 가꾸기 위한 사회의 다양한 모습 조명. 학교 수업의 대부분은 얼굴에 대한 것이다. 학생들 밤늦게까지 얼굴을 가꾸고 있다. 몇 몇 얼굴이 열등한 학생들은 담배를 피우면서 행복은 얼굴순이 아니라며 불평불만을 쏟아낸다. 취업 준비생들은 똑똑하고 능력 있어도 얼굴

이 안 되면 취업이 안 되는 현실에 대해 절망한다. 여자와 남자 모두 외출 전 몇 시간 동안 정성스럽게 치장을 한다.

7. 못 생긴 사람들에 대한 차별을 다각도로 보여 준다. 공항에서 얼굴 때문에 출국을 못 한다. 등급이 높은 사람은 중범죄를 저질러도 풀려나고, 등급이 낮은 사람은 경범죄라도 구속된다. 클럽이나 공연에 입장을 금지당한다. 못 생긴 사람들에 대한 조롱은 일상적으로 행해진다. 못 생겼다고 진급에서 누락된다. 불신 검문에 자주 걸린다. 못생긴 사람들만의 술자리에서 저마다 한탄하고 원통해 한다.

8. 잘 생긴 남자와 여자가 TV에 나온다. 못 생긴 외모로 태어났지만 자수성가로 잘 생긴 외모로 변모한 사람들을 소개하는 방송이다. 얼굴 때문에 고생했던 과거를 말하면서 서럽게 눈물을 흘리는 사람도 있다. 성형 수술, 음식, 운동, 지압, 약 등 잘 생긴 외모로 변신하게 된 다양한 비결을 소개한다.

9. 낙선, 수용소로 이송된다. 수용소는 울창한 나무로

둘러싸여 있다. 건물이 모두 화려하고 아름답다. 그러나
수용인들 얼굴은 모두 엉망이다. 추남, 추녀들만 득실
거린다. 모두 얼굴 가꾸기에 여념이 없다. 몸매는 신경
쓰지 않는다. 오직 얼굴 가꾸기에 열심이다.

10. 낙선 역시 얼굴 가꾸기에 여념이 없다. 수용소에서
많은 사람들을 만난다. 시간이 가면서 주민등급증 제도
에 대한 많은 것들을 알게 된다. 주민등급증 제도의 불합
리한 면들을 서서히 인식하게 된다. 그러던 중 중년의 말
없는 남자를 알게 된다. 중년의 남자는 주민등급증 제도
에 반대하는 야당 정치인이었다. 그를 통해 주민등급증
제도의 불합리한 면을 알게 되고 낙선은 분노한다.

11. 얼굴이 말쑥해진 낙선, 수용소 사무실에 불려간다.
다시 등급 기계에 얼굴을 넣는다. 기계 모니터에 25점이
찍혀 나온다. 낙선, 풀려난다. 중년의 야당 정치인도 같이
풀려난다.

12. 낙선, 주민등급증 제도 반대 집회에 참석했다가 유치

장에서 봤던 어린 소녀를 만난다. 화장을 안 한 어린 소녀는 매우 맑고 예쁘다. 낙선 어린 소녀에게 말을 건다. 낙선과 어린 소녀, 공원 벤치에 앉아 있다. 어린 소녀, 유치장에 잡혀간 이야기를 하며 훌쩍인다. 낙선, 얼굴이 전부인 사회에 대한 분노가 커진다.

13. 낙선, 정치인들 토론회에 방청객으로 앉아있다. 토론의 주제는 주민등급증 병역특례 제도에 대한 것이다. 여당 정치인들과 야당 정치인들이 치열하게 논쟁을 하고 있다. 주민등급증 80점이 넘으면 병역을 면제해주는 것에 대해 야당 정치인은 신랄하게 비판하고, 여당 정치인은 국위 선양과 사회 안정, 국익을 위해 어쩔 수 없는 일이라며 정부를 두둔한다. 논쟁은 30점 이하면 해외여행을 금지하는 제도로까지 확대된다.

14. 낙선, 야당 정치인들의 의원 총회에 방청객으로 앉아있다. 야당 정치인들 강경파와 온건파로 분열한다. 강경파는 등급을 산출하는 방식에 대해 몸매와 패션까지 포함시켜야 한다고 주장하는 반면 온건파는 패션은 현실성

이 없다며 반대한다. 결국 강경파가 탈당을 선언하고 당이 쪼개진다.

15. 실망한 낙선, 기존 정치권에는 답이 없다는 결론을 내린다. SNS에 얼굴이 전부인 세상에 대한 신랄한 비판 글들을 지속적으로 올린다. 그 글들에 사람들이 열광한다. 낙선은 유명인사가 된다. 그와 함께 경찰도 그를 감시한다.

16. 낙선, 지하 조직을 만든다. 낙선을 지지하는 사람들이 많아진다. 대규모 집회를 계획한다. 모두 은밀히 움직인다.

17. 드디어 집회 날, 군중 앞에 선 낙선은 얼굴이 전부인 사회에 대한 비판과 더 나은 사회에 대한 열정적이고도 감동적인 연설을 한다. 군중들 열광하고 웅장한 사운드와 함께 영화는 끝이 난다. (2014년)

3장. 가난을 견디는 법

'금지를 금지하라. 권위주의를 박살내자. 상상력에 권력을.' 프랑스 68혁명의 대표적인 구호였다고 한다. 밝은 봄날은 사람을 우울하게 한다. 봄볕은 화려해져 가는데 그 속의 나는 우중충하고 초라하기 짝이 없다. 조수석엔 토끼가 있었다.

부부 사이의 많은 대화는 남자에게 반드시 재앙을 가져온다. 현명한 사람이 되고픈 나는 신호등을 주시하고 있었다. 내 꼴이 박근혜 앞의 남자들 같다는 생각이 들었다.

'어떻게 저렇게 무능하고, 무식하고, 무도덕하고, 어떻게 저렇게 저열한 사람에게, 어떻게 저렇게 굽실거리고 살까?'와 같은 생각이 지나가고 있었다.

순간 토끼의 손이 내 머리카락을 쓰다듬었다. 그러나 나는 놀라움을 표하지 않았다. 언제까지 토끼를 두려워하며 살 수는 없는 노릇 아닌가? 태종의 거침없는 숙청 이후 세종 대에 전성기를 맞은 조선처럼 토끼는 30대에 살들을 모은 후 40살을 넘기면서 전성기를 구가하고 있다. 토끼의 불만과 요구 앞에서 나는 바보가 돼가고 있다.

놀라움과 불안을 감추고 힐끗 봤다. 그것은 깨달음의 순간이었다. 오랜 시간 전혀 공감되지 않았고, 이해되지 않았고 그래서 고민이었고, 더 골똘하게 만들었던 문제들이 풀리는 순간이었다. 토끼의 얼굴에는 장난끼가 가득했다. 우리 남자들이 오래 전에 잃어버렸던 그 표정.

그것은 어린 시절 남자 애들이 여자애들 치마를 들추거나 고무줄을 끊으며 짓던 표정이었다. 좋아하는 여자애가 있으면—사실 좋아하지 않는 여자애에게 그런 장난을 칠 이유는 없다—그 장난은 더 재미가 있었다. 여자애가 곤란에 빠지거나 속상해 하는 모습을 보며 남자애들은 아리하게 통쾌해 했다. 그것은 제발 관심 좀 가져달라는 표현이었고, 자신의 연정을 무시한 것에 대한 응징이었다.

아름답고 조신한 호르몬 에스트로겐은 감소하고 그 자리를 살들로 채운 토끼는 이제 나를 괴롭히고, 응징하고 그것으로부터 짜릿함을 얻는 단계로 접어들었다. 반짝이던 미래는 암담해졌고, 남아있는 시간은 아득했다. 말로 꿈과 희망을 주고, 말로 나의 허물과 허접함을 감출 수 있었던 시간들, 나는 그 아름답던 시절을 회상했다. 차 창문을 열었다. 밝은 봄날 오후 머리카락은 바람에 마구 휘날렸다.(2016년)

나
에
게
로

돌
아
오
는

문
제

의미를 발견한 사람은 어렵지 않게 고귀한 삶을 산다.
부산에 진입한 후 신호등에 걸렸을 때였다. 어린놈은 늘
그렇듯이 뒷좌석에서 곤히 자고 있었다. 차만 타면 자는
것은 나와 같다. 이것에 대해 토끼는 차멀미를 하는 것이
라며 보약 좀 해먹여야겠다고 한다. 그러나 나를 닮은 어
린놈은 친구들과 노는 것을 직업으로 알고 있는 놈이다.
즉, 그냥 피곤해서 자는 것뿐이라는 얘기다.

보약은 양기가 뻗쳐 주체를 못하는 어린 수컷에게 필요한 것이 아니다. 어린 수컷은 자고로 많이 돌리는 게 최고의 보약이다.

나는 멍하니 신호를 주시하고 있었다. 어느 순간 내 얼굴로 손길이 슥 오는 것이 아닌가! 토끼의 가냘픈 손이었다. 토끼의 가냘픈 손. 신혼 때 홈그라운드인 엄마, 아빠 집에서 토끼는 가냘픈 손으로 내 발 마사지를 심심찮게 해 주었다. 홈그라운드이니 나는 당당하게 토끼에게 그걸 요구했고, 당시만 해도 다소곳하고 예쁜 미소를 가졌던 토끼는 군소리 없이 내 요구에 응했다. 지금 생각하면 아주 위험한 짓이었지만 그때 나는 어리고 어리석었다.

요즘 토끼는 내가 눈에 띄면 철퍼덕 눕는다. 그리고 발을 내 무릎에 얹는다. 눈에 띄지 않으면 자기 방으로 호출한다. 내가 신혼 때 받은 발마사지의 족히 100배는 토해내고 있다. 마님이 머슴을 부릴 때 "돌쇠 힘이 참 좋구나." 또는 "돌쇠 니 덕분에 일이 잘 되었구나." 등과 같은 개수 작성 말로 머슴이 몸을 사리지 않고 일을 하도록 유도하듯, 토끼도 내 손길이 최고라는 한마디 말로 내가 내몸을 아끼지 못하도록 만든다. 엄지손가락의 깊은 통증은 필연적인 후유증이 아닐 수 없다. 나는 넓은 저택이 간절하다고 했다. 그 저택에 음악 감상실이 하나 있으면 좋겠고, 휴대폰이 터지지 않으면 더 좋겠다는 생각이 요즘 든다.

토끼의 가냘픈 손이 나의 왼쪽 뺨을 거쳐 턱으로 부드럽게 내려갔다. 그 순간 내 몸은 얼어 버렸다. 죽었다가 살아 돌아온 임사체험자의 그것과 비슷하게 순간적으로 나는 나를 빠져나왔다. 그리고 내 우측 어깨 위 차 천장에서 나를 지켜보았다. 나는 꼼짝 않고 있었다. 그것은 낯선 사람이 개를 쓰다듬을 때와 유사한 상황일 것이다. 꼬리를 아래로 바짝 내리고 귀를 완전히 접고 눈을 위로 지켜 뜬 채 잔뜩 긴장한 모습. 나는 그 개와 같은 꼴이었다. 그 다음 순간 나는 내 몸으로 다시 들어왔다.

임사체험자들은 그 이전과 확연히 다른 삶을 산다고들 한다. 이기적이었던 사람이 봉사하고 배려하는 삶으로 바뀌고, 종교에 대한 편견이 없어지는 현상은 임사체험자들에게서 공통적으로 나타나는 현상이라 한다.

그 외에도 공부를 한다든지, 술과 담배를 끊는다든지, 예술에 심취한다든지 등 거의 모든 경우 긍정적으로 변했다고 한다. 죽음을 통해 삶의 본질적 의미에 접근했기 때문이라고 추측할 수 있다.

인간은 위기 상황에 처했을 때 본래의 모습이 나타난다. 평소에는 호인이지만 위기 때 악인의 모습을 보인다면 그 사람은 호인을 연기하고 있는 것이다. 삶의 본질이란 우리 모두는 함께 묶여 있다는 사실이다. 상호 협조와 격려, 지원 그리고 우애는 삶을 꾸려 나가는 데에 필수적인 것이다.

'생물학에서도 모든 생명은 조직적 삶의 방식에 의거하며 어느 곳에서나 질서로 향하는 경향이 행동을 지배한다는 사실을 확인해 주고 있다. 세포에서부터 인간에 이르기까지 생명체는 상호 결합과 커뮤니케이션의 내적, 외적 수단을 소유하고 있다.' (생존자 중에서)

결국 임사체험을 통해 삶이 집단적인 행위라는 사실을 또렷이 보았기 때문에 이후 삶 전체가 바뀌었다고 볼 수 있다.

이 부분이 임사체험과 꿈이 근본적으로 다른 점이다. 꿈은
삶을 변화시키지 못한다.

나는 40대 중반을 살고 있다. 그 속에는 안타까움이 있고,
아픈 가슴이 있고, 뿌듯함이 있고, 슬픔이 있고, 기쁨이
있고, 분노가 있고, 희열이 있고, 두려움이 있고, 게으름이
있고, 희망이 있고, 좌절이 있고, 연민이 있고, 이별이
있고, 오만이 있고, 욕심이 있고, 가난이 있고, 절제가
있고, 낭비가 있고, 절약이 있고, 짜증이 있고, 부끄러움이
있고, 시기심이 있고, 자존감이 있고, 비참함이 있고,
즐거움이 있고, 의무감이 있고, 홀가분함이 있다.

삶의 조건들은 수시로 변했다. 대부분 내 의지와는 상관
없이 삶은 요동쳤다. 어릴 적 친구들도 다르지 않다. 삶
에서의 굴곡은 어쩔 수 없는 일일 것이다. 문제는 굴곡의
밑바닥 부근이다. 굴곡의 밑바닥에서는 무슨 일을 해도 안
되고, 어떻게 해도 안 된다. 원망스럽고 한심하다. 인정하
고 시간을 보내는 것이 최선이지만 이것이 결코 만만치가
않다. 본래의 존엄과 가치와 장점을 일깨워주고, 조그만
위로를 보태는 것. 서로가 서로를 지키는 방법은 거창한 그
무엇이 아닐 것이다.

호황이 있는 이유는 불황이 있기 때문이고, 불황이 있는 이유는 호황이 있기 때문이다. 부자가 있는 이유는 가난한 사람이 있기 때문이고, 가난한 사람이 있는 이유는 부자가 있기 때문이다. 내가 행복한 이유는 타인이 불행해 보이기 때문이고, 타인이 행복해 보이는 이유는 내가 불행하기 때문이다. 남이 있는 이유는 내가 있기 때문이고 내가 있는 이유는 남이 있기 때문이다.

주제넘게 너무 멀리 가버렸다. 다시 긴장의 순간으로 돌아가, 뇌는 빠르게 움직였다. 최근 내 삶의 장면들을 훑었다. 꼬투리 잡힐 일을 검색했다. 토끼가 불렀을 때 못 들은 척 한 것, 시킨 일 일부러 깜빡한 것, 주말에 잠만 잔 것, 배드민턴 라켓 산다고 몇 차례 돈을 받고서는 공동 구매로 산 것, 친구들과 논다고 늦게 들어간 것 등. 수많은 장면들이 선명하게 지나갔다. 그러나 결정적으로 책잡힐 일은 없었다. 휴 안심이다. 그렇다고 마음을 놓을 수는 없는 노릇이었다. 게으르고, 돈 못 버는 것을 가장 잘하는 내가 예뻐 보일 리가 없기 때문이다. 뭔가 다른 것이 있다고 추론하는 게 옳을 것이었다. 뭘까? 뭘까? 혹시.....

토끼는 긴장한 나를 보며 즐기는 듯 했다. 자기 앞에서 쩔쩔매는 타인의 모습을 보며 자기 존재를 확인하는 권력자의 그것인 듯했다. 나는 권력자들이 흔히 가지고 있는 특권주의적 생리가 싫다. 최고 통치자는 최고의 지성과 도덕성을 가지고 있어야 한다. 최고의 권력이 주어지기 때문이다. 그러나 저열한 권력자에게 타인은 사과 껍질에 불과하다. 개개 인간이 가지고 있는 개별성과 존엄은 고려의 대상이 아니다. 물론 토끼가 그런 권력자의 속성을 가지고 있다는 얘기는 결코 아니다. 그냥 그렇다는 얘기다.

운전을 하다 경찰차를 보면 위반한 게 없는데도 위축되는 것과 같이 토끼의 가냘픈 손은, 그런 형태로 나에게로 돌아오는 문제가 아닌가 싶다. 40살이 가까운 나이에도 토끼의 얼굴에는 아직 스트레스의 흔적이 거의 없다. 단지 푸드 파이터(food fighter)의 위용이 점점 강해지고, 그로 인해 내 다이어트의 최대의 적으로 등장하고 있기는 하지만.(2013년)

연극 1막에 등장한 총은 3막에서 반드시 발사된다.(체호프의 법칙) 남자들에게도 로망은 있다. 물론 그 로망이라는 게 대단한 것들이 아니다. 작은 얼굴, 큰 눈, 큰 가슴, 잘록한 허리, 긴 다리 정도랄까? 청바지와 원피스가 잘 어울리는, 정확하게는 청바지와 원피스를 입은 모습이 섹시한 여자들에게 남자들의 관심은 폭발한다. 한마디로 예쁜 여자는 남자들의 로망이다.

남자들은 예쁜 여자 앞에서 작아진다. 부끄럼을 탄다. 그리고 자신을 크게 부풀린다. 남자는 불쌍하고 어리석다. 얘기는 자취녀로부터 시작한다. 자취녀가 된 사연은 간단하다. 부모님과 함께 살다가 부모님이 귀향하는 바람에 혼자 살게 된 것이었다.

자취녀는 예쁘다. 예쁜데 자취녀라.... 로망들이 꿈틀거리기 시작했다. 남자들은 자취녀 주위에 모여 들었다. 물론 모두들 보호를 명분으로. 걱정의 말들이 오갔다. 창문에 철창은 있느냐, 문 잠금장치는 튼튼하냐, 주위에 성범죄자는 없느냐, 밥은 잘 챙겨먹고 다니냐 등 모두 진심을 다해 자취녀를 걱정했다.

어느 날 회식이 끝난 후 한놈이 자취녀를 집까지 데려다 주겠다고 했다. 자취녀와 같은 방향, 이웃 동네에 산다는 게 다른 남자들의 암묵적인 반대와 견제를 무마할 수 있는 이유가 되었다. 상사의 술을 거부하고 동료의 2차 강요도 이겨냈다. 그 일념에 우리는 경의를 표해야 한다. 한놈은 덩치는 작았지만 야망형의 인간이었다. 남자들은 그놈을 깜이 안 되는 놈으로 치부했지만, 그놈의 내면에서는 원대한 꿈들이 이글거렸다. 남자들은 술에 물들고 질투에 취한 눈으로 자취녀가 그놈의 차에 타는 것을 지켜보았다.

자취녀는 살짝 취해 있었다. 한놈은 이날을 준비해 왔다. 세차를 하고 모과도 몇 개 차 안에 두었다. 은은한 향기가 났다. 자취녀가 좋아할만한 음악을 틀었다. 3호선 버터 플라이. 스물아홉 문득. '어느 날 난 갑자기 뒤를 돌아봤어. 그 사람 또 그렇게~ 우~....' 자취녀는 금새 음악에 젖어 들었다. 노래를 흥얼거리던 자취녀가 하품을 했다. 아름다운데, 술에 취해 하품하는 자취녀라.... 한놈은 상상의 나래를 펼쳤다.

둘은 자취녀 집 주위 커피숍에 앉았다. 한놈은 자취녀를 웃게 만들기 위해 애썼다. 그리고 자취녀가 비난하는 대상들을 같이 씹었다. 미운 놈을 같이 욕하는 과정에서 인간은 동료애를 느낀다. 집으로 들어가기 직전 그놈은 자취녀의 손을 잡았다. 자취녀는 놀랐다. 손을 빼려 했지만 그놈은 더 힘껏 잡았다. 자취녀는 뼈가 으스러지는 고통을 느꼈다.

다음날 자취녀는 주위의 쑥덕거림을 들었다. 자취녀는 어이가 없었다. 분노가 치밀었다. 한놈을 찾아가 따졌다. 한놈은 자신은 모르는 일이라며 딴청을 피웠다. 자취녀는 거칠게 항의했다. 주위의 남자들은 속으로 안도했다. 아침에 한놈의 말만 듣고 자취녀를 원망했던 것을 후회했다. 남자들의 걱정은 다시 시작되었다.

며칠 후 자취녀가 하얀 블라우스에 청바지를 입고 출근했다. 초여름에 어울리는 하늘거리는 블라우스와 청바지는 자취녀를 돋보이게 했다. 꾸미지 않은 자연스러움 속에는 말로 표현될 수 없는 신비감과 기품, 위엄 같은 것들이 깃들어 있었다. 남자들은 감탄하고 열광했다. 걱정들은 가슴을 튀어 나오기 직전이었다.

남자들 중에서 다른한놈이 있었다. 이 다른한놈은 큰 키에 근육질의 몸매를 가졌다. 주변에 여자들이 넘쳐났다. 마음만 먹으면 어떤 여자든 꼬일 수 있다는 자신감을 가지고 있었다. 이 다른한놈은 때론 거칠게 여자를 다루었다. 자신의 요구를 거절하는 여자에게 완력을 사용하는 걸 주저하지 않았다. 그래서 이 다른한놈 주위는 늘 시끄러웠다.

나쁜 놈이라 욕하는 여자들에 대해 다른한놈은 일일이 대응하지 않았다. 그러다 제 풀에 꺾일 것이라 생각했다. 그러나 여차하면 자신의 완력을 보여줄 준비는 언제나 되어 있었다.

자취녀가 하늘거리는 블라우스와 청바지를 입고 온 바로 그날 이 다른한놈은 자취녀에게 강렬한 끌림을 느꼈다. 예전 자취녀를 대신해 힘쓰는 일을 해 준 일을 되뇌며 자취녀에게 접근했다. 다행히 자취녀는 그때의 고마움을 잊지 않고 있었다. 저녁을 먹고 영화를 봤다. 늦은 저녁 자신의 집과는 반대 방향인 자취녀의 집까지 데려다 주었다. 자취녀의 집 앞에 차를 주차시킨 후 자취녀에게 물었다.

집 주위에 건달들이 위협하지는 않냐고. 자취녀는 대답 대신 고개를 저었다. 다시 다른한놈이 말했다. 건달들 특히 조심해야 한다고 그리고 혹 건달들이 주위에 있을지 모르니 내가 이 앞에 방을 하나 얻어야겠다고. 그러면서 다른 한놈의 오른손이 자취녀의 등을 파고들었다. 자취녀는 움찔했다. 다른한놈은 그 순간 자취녀를 자기 쪽으로 휙 끌어 당겼다. 프로의 솜씨였다. 자취녀는 속으로 생각했다. 니가 더 무섭다 이놈아. 그리고 또 생각했다. 한국과 일본 그리고 미국을.(2016년)

재수 없는 사람들

재수 없는 시대를 만난 사람은 재수 없는 사람이다. 조선 시대를 보면 임진왜란이 일어난 1592년부터 정유재란, 정묘호란, 병자호란이 발발한 1636년까지의 기간은 불과 44년에 불과하다. 그렇다면 1580년대에 태어나 1640년대까지 살았던 사람도 수없이 많았을 것이다.

김육이라는 사람이 살았었다. 그는 1580년에 태어나 1658년에 죽었다. 네 번의 전쟁을 다 겪은 사람이다. 임진왜란 때 피난 가다 아버지를 여의었다. 광해군 때 정인홍에 맞서다 귀향을 갔다. 그리고 인조반정 후 벼슬살이를 했다. 그는 대동법에 헌신한 사람이었다.

세계사에서는 1880년대에 태어나 1950년대에 죽은 사람을 생각해 볼 수 있다. 이 시대를 산 사람들 대부분은 불행했다. 두 번의 세계대전이 있었고, 세계대전 사이에 대공황이 있었다. 우리나라는 구한말과 일제 강점기, 한국전쟁 그리고 독재의 시대였다.

헝가리 태생의 칼 폴라니라는 위대한 사상가가 있었다. 그는 1886에 태어나 1964년에 죽었다. 그는 유대인이었다. '거대한 전환'이라는 불멸의 저서를 남겼다. 실현될 수 없는 자기조정시장이라는 환상을 실현하려다 비극적 결과가 초래됐다고 그는 봤다. 1914년 28살 때 1차 세계대전을 겪었고, 1919년 헝가리 공산혁명, 1920년 극우 파시스트 반혁명, 1929년 대공황, 1934년 파시즘 정권, 1939년 2차 세계대전을 겪었다. 불멸의 저서 '거대한 전환'은 1944년에 출간되었다.

대사건들은 그를 반복적으로 덮쳤다. 그는 쫓겨 다녔다. 뿌리 뽑힌 삶이었다.

우리나라에는 김수영이라는 시인이 살았었다. 그는 1921년에 태어나 1968년에 죽었다. 그가 살았던 시간 동안 일제강점기, 한국전쟁, 이승만 독재, 4·19혁명, 5·16쿠데타, 박정희 독재가 있었다. 한국전쟁을 그는 처절하게 겪었다. 인민군에 징집되었다가 탈출하고 다시 국군의 포로가 되어 거제도 포로수용소에 수용됐다가 어찌어찌 살아 돌아왔다. 생계와 빨갱이 트라우마에 시달렸다. 1968년에 버스 교통사고로 죽었다. 우리 나이로 48세였다.

우리는 우리 시대를 불행한 시대라 한다. 불행한 시대, 맞는 말이다. 자신이 겪는 불행은 언제나 가장 큰 고통일 수밖에 없다. 그러나 우리가 상상치도 못할 불행과 고통 속에서 살다간 수많은 사람들이 존재했었다는 것 또한 사실이다. 특히 전쟁은 차원이 다른 불행이고 고통이다. 무능한 지도자가 연속으로 나타나는 시대의 국민은 불행하다. 불행은 더 큰 불행에서 위안을 얻는다.(2015년)

논리와 윤리와 감정은 매 순간 충돌한다. 우선순위를 판단하는 일은 쉽지 않다. 올해로 배드민턴을 4년째 치고 있다. 내 배드민턴은 온통 보기와 다르다. 우선 보기와 달리 스매싱 파워가 없다. 큰 덩치에 큰 동작으로 스매싱을 하지만 실제 공은 아리랑 볼이다. 나의 상대편은 처음엔 긴장을 하지만 한두 번 경험한 후에는 비웃으며 콕을 받는다.

심한 놈은 미리 네트 앞에 붙어 있다가 내 스매싱을 푸싱으로 끝내는 경우도 있다. 이럴 때면 심한 자괴감에 시달리지 않을 수 없다.

두 번째는 보기와 달리 날렵하다. 나는 혀가(이 경우 남자들은 신체의 특정 부위를 사용한다. 한 가지 지적하고 싶은 사항은 받침이 'ㅅ' 이 아니라 'ㅈ' 이라는 사실이다. 올바른 사용이 중요하다.) 빠지게 쫓아 다닌다. 물론 나보고 날렵하다고 말하는 사람은 없다. 오히려 슬로우 비디오라 말하는 일부 몰지각한 사람들이 있다. 어디까지나 내가 생각했을 때 날렵하다는 얘기다. 날쌔다는 얘기를 들은 날에는 밥을 사고픈 욕구가 강하게 인다.

세 번째는 보기와 달리 수비가 좋다. 이대호를 보고 일본 선수들이 허리가 굽혀지는지 궁금해 했다는 얘기가 있었다. 이대호보다 상황이 나은 것은 아니지만 이대호가 수비를 곧잘 하듯 나도 그와 비슷하다.

네 번째는 보기와 달리 체력이 좋지 않다. 그래서 나는 빡센 게임을 싫어하고 설렁설렁하는 게임을 선호한다.

체력을 올리기 위해 한때 숨을 헐떡거리며 연습을 해봤지만 소용이 없었다. 그냥 헐떡거릴 뿐이었다. 나는 좋은 말로는 덩치가 좋고, 사실적으로는 뚱땡이다. 내 신체 부위 중 굵지 않은 곳은 거의 없다. 손가락, 발가락, 목, 허리, 다리 등 모두 굵다. 머리카락과 마음 정도만 가냘프다.

요즘 가냘픈 마음에 몸을 맞추기 위해 노력 중이다. 배가 들어가고 얼굴 윤곽선이 살아나고 있다. 물론 내가 느끼기에 그렇다. 물론 그렇게 얘기해 주는 사람은 없다. 지난주 회의 시간에 나는 자신감의 발로로 몸매 이야기를 끄집어냈다. 그것이 치열한 논쟁으로 치닫고 말았다. 동료 3명은 어처구니가 없다는 반응을 보였다. 그런데 나는 그 어처구니들이 더 어처구니없었다.

한명은 머리가 벗겨진 전형적인 아저씨이고, 또 한명은 얼굴 크기에서 나를 훌쩍 뛰어넘고 똥배에다 형편없는 패션 감각을 부끄러워하지 않는 40대다. 나머지 한 명은 키높이 구두를 신어야 겨우 170cm 가까이 되고 어마어마한 배를 보유하고 있다. 결론적으로 모두 고만고만한 키에 얼굴 크고 배 나오고 다리 짧은 볼품없는 아저씨들이다.

위의 키높이 구두와 어마어마한 배는 물론 역도다. 역도는
내 배의 세배 정도는 족히 된다. 몸매 이야기에는 아예 낄
수도 없는 미자격자인 셈이다. 그런데 이 역도가 가장
강력하게 반발하는 게 아닌가?
"일단 행님은 아닙니다."
물러설 수 없는 상황이었다. 그런 터무니없는 배를 장착한
자가 몸매에 대해 우위를 주장하는 것은 업계의 상도의(商
道義) 상 도저히 있을 수 없는 일이라는 생각이 들었다.

나는 몸매에 관한한 역도는 입을 닫아야 한다고 대응했다.
근데 역도가 누구인가? 자기 일 빼고 뭐든 열심히 잘하는
천재적인 조언자 아닌가! 역도는 그 천재성을 이제 자기
일에 사용하려 하고 있었다. 자신의 불리함을 인식했는지
역도는 패션 감각으로 화제를 바꾸려 했다.

그런 수작을 내가 놓칠 리 없었다. 6년간 사무실 옆자리에
앉았고 매일 저녁 같이 배드민턴을 쳤으니 서로에 대해서

거의 모든 것을 알고 있다고 봐야 할 것이다. 특정 상황에서 어떤 생각을 하고, 어떻게 말하고, 행동할지를 거의 안다고 해도 무방하다. 역도의 의도는 결국 중요한 점은 몸매 자체가 아니라 타인에게 어떻게 보이는가 인데, 패션 감각에 있어서는 자신이 뛰어나기 때문에 자기가 나보다 우월하다는 주장을 하고 싶은 것이었다. 달리 표현하면 개수작을 시작한 것이었다.

그런데 타협도 어느 정도여야 가능한 법인데 이 건에 대해서 나는 기가 막혔다. 나는 매일 와이셔츠를 갈아 입는데다 넥타이도 매일 바꿔 맨다. 그런데 역도는 와이셔츠를 며칠씩 입는데다 넥타이도 한 달 이상 같은 걸로 맨다. 게다가 와이셔츠 단추가 똥배를 팽팽하게 지탱하고 있는 것을 보고 있노라면 어느 누구라도 아슬아슬한 긴장감에 숨을 제대로 쉴 수가 없다. 자신이 크게 숨을 쉬면 역도의 와이셔츠 단추가 터질 것만 같기 때문이다. 물론 긴장이 흐르는 와이셔츠 사이로 뱃살은 언제나 빼꼼히 나와 있다. 패션 감각에 대한 역도의 어떠한 언급도 그것은 땡깡이라 보는 것이 객관적으로 옳을 것이다.

나의 강한 반발에 막힌 역도는 나와의 정면승부보다는 우회전술을 들고 나왔다. 나머지 두 명과의 연합전술이 그것이다. 두 명을 끌어들여 나를 공동의 적으로 만들기 위한 멘트들을 날렸다.

"행님보다는 창헌이 몸매가 더 낫다, 창헌이 머리가 더 작다, 종필행님은 중후한 멋이 있다." 등등.

나는 역도와 다른 두 명이 동맹으로 엮어지는 것을 막아야 했다. 이 지점에서 창헌은 전략적 요충지임을 나는 직감적으로 감지했다. 나는 창헌을 회유했다.

"창헌이 목소리가 근사하다, 남자들에게 인기가 있는 스타일이다." 등의 헛말을 날렸다.

역도는 더 나아갔다. 왜곡과 거짓말을 서슴지 않았다.

"검어서 그렇지 피부는 창헌이가 최고다, 성격도 우리들 중 창헌이 최고다, 왜 술을 자주 마시느냐? 그만큼 인기가 많아서 그런 것 아니냐?" 등등.

그 순간부터 나는 갈등하기 시작했다. 진실과 양심의 편에 설 것인가 아니면 승리와 정복의 편에 설 것인가?

결국 그날 몸매와 패션 감각은 모두 창헌이 가져갔다. 창헌은 말 한 마디하지 않고, 단지 고개를 몇 번 끄덕이는 것으로 그 날의 승리자가 되었다. 역도와 나는 만신창이가 되었고, 창헌은 말쑥한 신사가 되어 있었다. 진실과 양심은 아무래도 쉽지 않은 모양이다. (2013년)

위대함은 위대함 속에 없다. 위대함은 언제나 숨어 있다. 3월 중순의 아침 바람은 장쾌하다. 그 바람 속에서 피우는 담배는 개운하기 그지없다.

오랜만에 호성형님이 입을 열었다. 조근조근 하면서도 주의를 집중시키는 특유의 어법이 힘을 발휘했다.

"원래 인간을 포함한 모든 동물은 후배위가 본래의 체위다. 그런데 말이야 어느 때부터인가 신의 영역인 정상위를 하면서부터 인간 사회가 혼탁해지고 말았다. 그래서 돈이 전부가 아닌데도 불구하고 돈이 전부가 돼 버렸지."

"아 그렇구나!"
역도는 공감의 의사를 표했다. 그러나 나는 체위가 사회의 혼탁과 무슨 관계인가 하는 의문이 들었다. 더구나 화이트데이인 어제 술 마시고 늦게, 빈손으로 들어가는 바람에 토끼로부터 파상 공격을 당한 뒤였다. 반깁스 중임에도 토끼의 공격은 전혀 무뎌지지 않았다. 오히려 몸이 아픈 짜증까지 보태져 더 예리하고 무자비한 공격이 들어왔다. 그걸 피해 다니느라 피곤했고 그래서 까칠해져 있었다.

"아니 체위하고 사회가 혼탁한 것하고 무슨 상관입니까? 또 정상위와 돈이 전부가 된 사회는 아무래도 비약이 너무 심한 거 아닙니까?"
나는 도전적으로 물었다.

호성형님은 예상 질문이라는 듯 여유가 있었다. 하긴 그 오랜 시간 술좌석에서 수많은 얘기들로 단련이 된 인물이 아닌가.

"동물들이 모두 예외 없이 후배위인 것은 우연이 아니야. 인간도 처음엔 마찬가지였겠지. 그런데 어느 순간 인간들이 정상위를 하면서부터 연기를 하고 대화를 시작했지. 당연히 속임수와 험담과 시기와 계략이 생겨난 거고."

"아! 이제부터 정상위를 하면 안 되겠구나."
역도는 완전히 수긍을 했다. 나도 마음이 흔들리기 시작했다. 듣고 보니 그런 것 같기도 했다. 그러나 나는 어제 토끼로부터 파상적인 공격을 받지 않았던가. 물러서기에 나는 여전히 까칠한 상태였다.
"그렇지만 정상위하고 돈이 전부인 사회는 또 어떻게 연결됩니까?"

호성형님은 새 담배를 꺼내 물었다. 행동 하나하나에 여유가 묻어나왔다. 역시 나의 반론은 예상 질문의 범주를 넘어서지 못한 것이었다.
"세상을 움직이는 두 가지 근원적인 힘은 돈과 여자야. 이것은 동양과 서양, 옛날과 지금이 다르지 않지. 표면적으로 어떤 명분을 내세우든 본질은 결국 돈과 여자를 얻기 위한 것이지. 만약 인간이 후배위를 계속했다면 여자 얼굴을 볼 필요도 없고, 대화도 필요 없었겠지. 그러면 수컷의 본능인 예쁜 것에 대한 집착이 생기지 않았겠고 그에 따라 예쁜 여자를 얻기 위해 필요한 돈에 대한 갈구 또한 강하지 않았겠지."

역도는 이제 존경의 눈빛이 되었다. 나는 수긍의 단계로 접어들고 있었다. 토끼의 예봉으로 인한 피로감이 완화되고 있음을 느꼈다. 호성형님은 결론을 향해 치닫고 있었다.

"결국 밝고 아름다운 사회, 공동의 좋은 삶을 위해서는 본래의 체위로 돌아가야 해. 정상위를 법으로 금지시켜야지. 음주 운전을 단속하는 것과 같이 정상위를 단속해야 해. 한 번 하다 걸리면 정지 3개월, 정지 기간에 정상위하면 취소, 취소 후 2년 동안 금지 그리고 2년이 지난 후 소정의 교육을 이수한 후 해제. 국가가 나서야 할 문제고 나서야 할 때가 되었다는 거지."

나는 의문이 들었다.
"행님 그러면 경미한 정상위는 어떻게 됩니까? 가령 측위의 경우?"

호성 행님은 오른손으로 머리를 한 번 쓸어 올리고, 담배 연기를 허공에 내뿜은 후 대답했다.

"모름지기 판결은 법의 취지에 부합해야 해. 측위라도 표정과 대화가 가능하면 처벌의 대상이 되지만, 그렇지 않은 경우는 훈방이지."

법과 그 취지까지 나아가는 것을 듣고 과연 음주 정지 3회를 거치면서 법조계에 종사한 이력이 헛된 것이 아님을 느꼈다.

역도의 질문이 이어졌다.

"만약 여자가 다쳐서 후배위가 불가능할 경우는 우째야 됩니까?"

자기 일 빼고 모든 일을 열심히, 잘하는 천재적인 조언자인 역도다운 예리한 질문이었다. 그러나 호성 형님의 표정에는 당황의 기색이 없었다.

"다리 부상이건 팔 부상이건 후배위가 안 되는 경우는 없다! 그건 말장난일 뿐이다." 호성형님은 단호했다.

과연 생각해보니 그 말이 맞았다. 후배위가 안 되는 부상은 없었다. 그 이후로도 질문과 답변이 잠시 오고 갔다.

마침내 침묵이 흘렀다.

종교 지도자의 감동적인 연설 뒤 기쁨에 휩싸인 신도들
마냥 우리의 가슴 속에서는 환희가 솟아올랐다. 그와
더불어 어리석은 지난 삶에 대한 후회도 밀려 왔다. 담배
연기를 허공에 내뿜었다. 머릿속에는 남은 날들에 대한
계획이 맴돌았다.(2013년)

불행과 다행

불행은 다른 불행으로부터 위안을 얻는다. 참 좋은 날씨
였다. 여름의 끝자락, 술집 야외 벤치에 앉았다. 바람은 선
선했다. 테이블에는 치킨과 맥주가 있었다. 운동 후라 맥
주는 쉽게 들어갔다. 언론이 정부를 빨아주는 것처럼. 친
일파가 반공투사로 변신한 것처럼.

선선한 바람과 편한 사람, 그로부터 흘러나오는 푸근함,

안으로 들어오는 행복감. 나는 밖으로 나와 폼나게 담배를 피웠다. 담배는 깊이 빨리고 연기는 시원하게 뿜어져 나갔다. 화장실로 향했다. 두 다리를 벌리고 자세를 잡았다. 그리고 지퍼를 열었다. 손은 무의식적으로 잡았지만 잡히는 것은 없었다. 신성로마제국에 신성과 로마와 제국이 없는 것처럼. 창조경제에 창조와 경제가 없는 것처럼.

50년 가까운 세월동안 거기 있었던 그 놈은 거기 없었다. 길이와 굵기, 생김새, 오줌빨 등 그쪽 영역에서 남부럽지 않았고, 때론 자랑이 돼 주었던 그 놈. 손가락을 더 깊이 넣었다. 그 놈은 안쪽 깊숙이 있었다. 다행이고 불행이었다. 그 놈은 몸에 찰싹 붙어 있었다. 마치 두려움으로 몸을 움츠린 것처럼. 임진왜란의 선조처럼. 한국전쟁의 이승만처럼. 세월호의 박근혜처럼.

그 놈이 그렇게 된 원인을 생각하기 시작했다. 우리 인간들이 늘 그렇듯 우선 바깥에서 그 원인을 찾았다. 온도에 민감한 놈이므로 날씨 탓으로 돌리려 생각을 조작했다. 여름 동안 축 늘어져 있었던 놈이 가을 기운이 돌면서 적응하느라 오그라든 것이라고.

그러나..... 사실이 아니다. 마치 우리나라 가짜 보수의 사기 같다는 느낌이 들었다. 계절은 여름의 끝자락이었다. 그 놈은 꽁꽁 어는 추운 날씨에 반응하지 그 정도 날씨에 움츠려들만큼의 겁쟁이가 아니다. 그것을 나는 안다. 4대강과 자원외교가 사기라는 것을 알면서 당한 것처럼.

다음으로 심리적인 요인을 생각해봐야 했다. 행복감 아니면 스트레스. 나는 편한 사람들과 술자리의 행복감에 젖어 있었지만, 그 놈은 소외된 상태에 있었던 것이 아닐까 하는 생각이 들었다. 소외와 위축과 불행은 같은 말이지 않은가. 그때 그 놈은 홀로 불행을 감내하며 안으로 침잠하고 있었던 것일까?

그러나..... 이 또한 사실이 아니다. 도킨스의 '이기적인 유전자'가 출간된 이후 행복은 유전자의 입장에서 새롭게 정의되었다. 행복감은 성욕을 증가시킴으로써 유전자의 번식에 유리하다는 것이다. 따라서 그날 그 놈은 위축되기는커녕 부풀어 있어야 옳다. 그러므로 소외설은 진실이 아니다. 국민 건강을 위해 담배 값을 인상하고, 배에 갇힌 아이들 한 명도 구조 못 했으면서 그들에게 올바른 역사를 가르쳐야 한다며 국정교과서를 추진하는 것처럼.

다음은 스트레스설이다. 술 마시고 집에 들어간 후 맞닥뜨릴 토끼의 잔소리에 대한 걱정을 내가 아니라 그 놈이 하고 있었던 것일까? 그러나 역시 사실이 아니다. 토끼의 잔소리는 작은 금품으로 간단히 해결되기 때문이다. 토끼는 술 취해 집에 들어선 나를 깡충깡충 뛰며 맞아준다. 때로, 사실은 대부분의 경우 돈은 잔소리와 부정을 훌쩍 뛰어넘는, 그 자체가 목적이 된 지 오래다.

이젠 내게로 깊이 들어갈 시간이다. 나는 울분에 시달리고 있었다. 세상과 나에 대한 울분. 행복을 가장하고 있었지만 그 바로 밑에는 분노와 열망과 진정성이 이글거리고 있었다. 그 세 가지는 우울한 분노가 되어 언제고 분출을 기다리고 있었다. 시간밖에 믿을 게 없다는 것, 견디는 것 외에 대안이 없다는 것. 그 놈은 홀로 우울을 감당하며 그렇게 위축되었던 것인가?(2015년)

옳은 길을 가는 것은 신이 존재하든 안 하든 신을 믿고, 기적이 일어나건 일어나지 않건 기적을 믿는 일과 같은 것이다. 심심찮게 술을 마시고 다닌다. 회사 회식과 친구, 일 그리고 모임에서 술을 마신다. 나를 처음 보는 사람들은 말술일 것이라 짐작한다. 굵고 검기 때문이다. 정당한 추리다.

인간은 누구나 자신을 객관화하지 못한다.

따지고 보면 객관화라는 것은 애당초 불가능한 일인지도 모른다. 어차피 사건과 현상에 우리는 개입될 수밖에 없다. 나 역시 내 몸에 대해 객관적이지 못하기는 매한가지다. 평균을 한참 벗어나게 형편없지만 어떨 때는 배가 없고, 다리가 길어 보이기도 한다. 심지어 키가 커 보일 때도 있다. 모두 거울의 장난이라는 것을 알지만, 알면서도 기분은 좋다.

서면 아이온시티 건물 1층에는 어깨는 넓게, 뱃살은 평평하게, 다리는 길쭉하게 보이는 마법과도 같은 유리가 있다. 나는 점심시간 때면 어김없이 그 유리 앞을 지나간다. 최근 다이어트 효과에 만족하며, 공깃밥을 추가해 먹을 강력한 구실을 제공받곤 한다. 외모 때문에 혹은 이런저런 세상일로 마음고생을 하고 있다면 서면 아이온시티 건물 앞에 서 보시길.

27살 첫 직장에서 상사들은 나를 보고 물건 하나 왔다며 기뻐했다. 그러나 그들의 기쁨은 이틀 뒤 회식자리에서 무참히 짓밟혔다. 소주 한 잔에 새빨간 얼굴이 되었기 때문이다. 나는 40년 동안 술을 피해 왔다.

술을 마시면 얼굴이 짙은 빨간색으로 변하고, 심장이 벌렁거리고, 밤새 뒤척였다. 나는 술이 싫었다. 술을 감당하기에 나는 너무 여렸다.

그런데 40살을 넘어서면서 술에 대한 공포가 차차 약해지기 시작했다. 어릴 때는 몸의 감각이 예민하기 때문에 이질적인 것에 대해 격렬하게 반응했고 그래서 술이 고통이었지만, 나이가 들면서 감각기능이 무뎌진 탓에 술에 대해 덜 민감하게 반응하고 그래서 술을 차츰 가까이 하게 된 것이라 생각된다.

시간에 대해서도 마찬가지다. 일전에 토끼의 거의 전부인 아들놈에게 시간이 잘 가냐고 물었다. 어린놈은 시간이 너무 안 간다, 빨리 좀 갔으면 좋겠다고 답했다. 나 역시 어릴 때 지겨웠다. 별 짓을 해도 시간은 가지 않았다. 반면 엄마, 아빠는 요즘 시간이 정신없이 간다고 하신다. 시간에 대한 상이한 관념도 감각 기능의 예민 여부와 상관이 있는 것 같다.

아무튼 요즘 나는 취해서 집에 들어가는 경우가 잦다.

늦은 밤 술 취해 집으로 갈 때면 생각이 많아지고 여러 감정들이 스멀스멀 올라온다. 먹고 살기 위해 억눌러야 했던 감정들, 한심하게 살고 있는 나를 책망하는 감정들 그리고 분노와 불안, 두려움. 사람이 살기 어려운 사회 속에 나 역시 어렵게 살고 있다는 사실과 그 현실에 힘없이 끌려가고 있다는 자괴감은 크다.

우리는 1980년대 레이건정부의 신자유주의를 IMF 이후 전면적으로 수용했다. 규제완화와 민영화, 세금인하가 그 주된 정책이다. 한마디로 작은 정부를 지향한다. 그러나 결과는 참담하다. 지난 30년 동안 금융위기는 일상화되고, 불평등은 심화되었다. 미국은 상위 1%의 부가 30년 전에는 12%였지만, 2007년에는 35%가 되었다.

극소수의 상위계층은 정치까지도 장악함으로써 그들에게 유리한 것이 하위계층에게도 유리한 것이라고 사기를 쳤다. 낙수효과가 그것이다. 이명박 정권에서 사용했던 정책이다. 실제 우리나라 가난한 사람들은 부자들을 걱정한다. 그것도 너무 많이. 종부세를 걱정하고, 법인세를 걱정하고, 국가 재정을 걱정한다.

그러나 불행하게도 부자들은 그렇지 않다.

부자들은 공익과 복지 지출을 싫어한다. 문제는 공멸의 가능성이다. 불평등이 심화되면 중산층이 옅어지고, 그로 인해 수요가 감소한다. 수요가 감소하면 기업 수익이 준다. 기업의 수익이 줄면 구조조정이 일상화된다. 임금은 삭감 되고 노동자는 해고를 당한다. 결국 불평등의 심화는 전체 경제에 심각한 타격을 준다.

'불평등이 큰 사회는 공정하지 않은 사회다. 공정하지 않은 사회는 정상적인 작동을 멈춘다.'(스티글리츠의 '불평등의 대가') 자본주의의 역사는 빈부격차가 커지면 항상 큰 위기가 왔다는 점을 명백히 하고 있다. 불평등은 공황, 민란, 내전, 전쟁 그리고 멸망으로 나아가는 결정적인 계기다. 인간 사회는 통제되지 않을 경우 망하는 길로 간다.

친일파가 떳떳하게 집안 자랑을 하며 잘 사는 사회가 정상 적일 수는 없다. 우리나라가 다시금 위기에 빠지면, 그때는 독립운동과 같은 활동을 기대하기 어려울 것이다.

온 집안이 망하고, 후손들까지 온당한 대접은커녕 극빈층으로 사는데 누가 그런 일을 하겠는가?

프랑스는 4년 동안 나치 치하에 있었다. 독일이 패전한 후 프랑스는 반민족 행위자 70,000명을 체포했다. 그중 18,000명에게 사형선고를 내렸고, 8,000명에 대해서는 사형을 집행했다. 프랑스는 반민족 행위자들을 처단했다. 다시는 그런 자들이 나타나지 않을 것이다.

앗, 내가 지금 무슨 짓을 하고 있는가? 술 얘기로 시작해서 거울로 빠졌다가 감정으로 새고, 그게 또 불평등, 친일파로 이어졌다가 프랑스로까지 가고 말았다. 술 마신 후 집으로 가는 여정은 이렇듯 멀고도 험한가 보다.(2013년)

자각된 무력감은 자기 원망으로 나아간다. 분노는 길을 잃는다. 토끼는 두 다리를 딱 벌리고 주먹을 쥔 두 손을 밑으로 뻗은 채 큰 배를 앞으로 쑥 내밀고 서 있었다. 개선장군인 듯, 세상을 다 가진 듯 당당했다. 나는 눈 크고, 코 오뚝하고, 다리가 긴 서구적인 외모를 가진 애를 기대했다. 갓난아기 때는 이상에 가까웠다. 나를 닮지 않은 것에 대해 깊이 안도했다.

그러나 모두가 예상하듯, 불길한 예감은 틀리지 않는 법이다. 어린놈은 시간이 지날수록 나를 향해 맹렬히 달려왔다. 겨우 5학년밖에 안 되었지만 나의 많은 부분을 거의 완벽하게 복사했다. 입 튀어 나오고, 배나오고, 다리 짧고, 뼈 굵고..... 나는 나를 원망하지 않을 수 없었다.

일주일 전 광안리 바닷가에서 사진을 몇 장 찍었다. 그 사진을 토끼에게 보냈다.
'촌빨의 높은 수준을 보여주는 어린 놈' 이라는 멘트와 함께.
토끼에게서 답장이 왔다. '우야노.'
우야노는 '어떻게 해야 하나' 정도로 번역될 수 있다. 우야 노라는 단어에는 걱정과 답 없음에 대한 답답함이 배어 있다. 나는 답장의 말이 생각나지 않았다.

답장 대신 '토끼는 많이 억울하겠다.' 라는 생각이 들었다. 나야 뭐 솔직히 억울할 게 없다. 그런데 토끼는 '아(애)가 와 절노(저렇냐), 아가 와 저래 촌시럽노'라는 숙덕거림에 대해 어떤 변명을 준비하고 있을까?

나는 어린놈과 더불어 토끼도 위로해야 할 입장에 처해
있다.

나는 어린놈을 세뇌했다.
"그래도 니가 비록 지금은 이렇지만 걱정하지 마라. 나
중에 크면 아빠같이 멋있어진다. 아무 걱정하지 마라."
어린놈은 내 얘기를 묵묵히 듣고 있었다. 그 순간 토끼는
미세한 미소를 머금었다. 아주 짧은 순간이었지만 나는
토끼의 표정을 놓치지 않았다. 썩은 미소였다.

위로는 다른 위로를 불러오는 법이다. 나는 또 다른 위로의
말을 했다.
"그래도 니는 엉덩이가 멋있다이가. 아마 너그 학교에서
젤 멋있을걸?"
어린놈은 엉덩이를 내 가까이로 가져왔다. 나는 엉덩이를
두드려 주었다.

어린놈이 없는 자리에서 토끼는 내게 말했다.
"그래도 귀엽지 않나?"
물론 귀엽다. 근데 그 나이의 어린 애 중 안 귀여운 놈 있
으면 나와 보라고 나는 속으로 중얼거렸다.

나는 어떻게든 내게 주어진 책임을 다하고 싶었다. 중얼거림을 물리치고 토끼에게 말했다.

"그래도 심성이 좋으니까."

내 말을 받은 토끼가 말했다.

"그래도 안 아프고 친구들하고 잘 놀고 하니까."

조금 민감한 사람이라면 단어 하나가 계속 반복되고 있음을 눈치 챘을 것이다.

'그래도'

그래도 소중한 것은 소중한 것이다. 나는 어린놈과 오랜 시간 행복하게 살고 싶다. 내 품에 있는 동안 스트레스 많이 안 받고 편안하게 생활하길 원한다. 내 몸 위에서 뒹굴고, 같이 운동하고, 할아버지, 할머니를 꼭 안아주고, 친구들과 깔깔거리고, 동생들 과자 사주고, 토끼를 두고 경쟁하고 그렇게 성장했으면 한다. 물론 좋은 품성을 가진 사람이 되면 더 없이 좋겠다. 그리고 나는 어린놈이 성장한 후 자기 아버지가 어떤 생각으로, 어떻게 살았는지를 알 수 있도록 많은 글을 남기고 싶다.(2013년)

행복은 좋은 사람과 맛있는 음식을 먹는 것이다. 역도,
창헌과 함께 점심을 먹었다. 메뉴는, 완벽에 가까운 채식
주의자인 역도를 위해 중국집으로 정했다. 맛집 답지않게
한산했다. 짜장면과 볶음밥, 잡채밥을 주문하면서 여주인
에게 물었다.
"우리 셋 중 누가 제일 못 생겼습니까?"
여주인은 망설였다. 역도가 내 말을 받아 아주 공손한 말씨
로 말했다.

"있는 그대로 얘기해 주세요."

여주인은 조금 망설이더니 나를 지목했다. 억울했다. 나름의 계산에 의하면, 우리는 의자에 앉아 있었고 그러면 얼굴이 가장 크고 험상궂은 창헌이 당첨될 확률이 높은 것으로 나는 판단했다. 나의 잔머리는 실패했다. 심사가 뒤틀리기 시작했다.

사무실로 오는 길에 커피숍 '우리 안의 천사' 앞을 지나오게 되었다. 내가 먼저 입을 열었다.

"저기 창가에서 노트북을 펼쳐 놓고 작업하면 참 멋있겠제?"

역도가 먼저 반발했다.

"그건 젊은 사람들이 해야 멋있지 행님 같은 노털이 하면 전혀 그렇게 보이지가 않습니다."

"그래도 우리 셋 중에서는 몸매나 패션 감각은 내가 나으니봐 줄 수 있을 정도는 안 되겠나?" 나는 동의를 구걸하며 말했다.

창헌이 끼어들었다.

"행님이 그렇게 있으면 일수꾼같이 보일 낍니다."

"일수꾼은 특유의 손가방이 있는데 나는 그런 걸 들지 않았으니 그렇게 보일 리가 없을 낀데...." 내가 말했다.

"형수님이 사준 가방 있지 않습니까?" 역도가 말했다.

"그건 어깨에 메는 거니까 손목에 끼워서 들고 다니는 손가방과는 다르지 않냐?" 내가 항변했다.

"행님이 하면 같아 보일 낍니다." 역도가 되받았다.

"일수꾼은 특유의 패션이 있는데 나는 그런 쪽하고 거리가 멀지 않냐?" 내가 반발했다.

"요즘 일수꾼들은 옛날하고는 많이 다릅니다. 행님은 옛날 사람이기 때문에 그걸 모릅니다." 창헌이 면박했다.

"일수꾼은 보통 무스로 머리를 가지런히 빗어 넘기고 팔자 걸음을 걷지 않냐?" 내가 물었다.

"촌스럽게 무스는.... 일수하는 친한 행님이 있는데 전혀 그렇지 않습니다. 행님은 세상물정을 몰라도 너무 모릅니다." 역도가 말했다.

"행님은 덩치도 그렇고 자세도 그렇고 일수꾼하면 딱 입니다!" 창헌이 거들었다.

다시 반발을 하려는 순간 말렸다는 생각이 들었다. 창헌이 쳐 놓은 그물에 덜컥 걸려들었다는 것을 느꼈다. 나는 일수 꾼 얘기가 나왔을 때 그것에 대해서는 말을 하지 않았어야 했다.

그 대신 작업 장소를 집요하게 물고 늘어지는 게 옳았다. 졸지에 나는 비슷한 연배임에도 옛날 사람이 되었고, 세상물정을 몰라도 너무 모르는 일수꾼이 되어 버렸다. 나는 단지 '우리 안의 천사'의 창가쯤 되는 자리에서 작업을 하고 싶었을 뿐인데...(국정원과 NLL사건)

완벽에 가까운 채식주의자에 대해 잠깐 부언을 하고자한다. 왜 '완벽'이 아니고 '완벽에 가까운'이냐 하면 어묵을 먹기 때문이다. 어묵만 먹지 않았다면 역도는 완벽한 채식주의자다. 고기나 생선을 먹으면 속이 불편하고 머리가 아프다고 한다. 고기와 생선을 안 먹는 것이 아니고 못먹는 것이다. 밥과 된장 그리고 김치 정도만 먹고 사는데 체력은 나보다 훨씬 더 좋다. 또 역도는 암기력이 탁월하다. 뭐든 금방 이해하고 암기한다. 게다가 눈치가 빠르다. 말을 많이 해도 목이 쉬지 않는다. 그리고 언제나 타인을 배려한다.

나는 평소 역도가 직업을 잘못 선택했다고 주장하곤 한다. 채식주의자, 뛰어난 암기력, 말하기를 좋아하고 남을 배려하는 성격. 역도는 타고났다. 천혜의 자연경관을 갖춘 곳이 관광 명소가 되듯 역도는 재능을 타고 났다. 그 재능이 속세에서 썩고 있는 것이 다만 안타까울 뿐이다.(2013년)

장맛비가 쏟아지고 있었으므로

생각이 난다. 하나하나. 젊은 어느 날 우연과 우연과 우연이 어느 시공간에서 만났다. 그 외로움에 나는 반했다. 그 불행에 나는 매료됐다. 어쩔 수 없었다.

30년 후 어느 날 하림의 '사랑이 다른 사랑으로 잊혀지네'가 흘러 들어왔다. 우연과 우연과 우연이 만났던 곳으로 빠져 들어갔다. 어쩔 수 없었다.

장맛비가 쏟아지고 있었으므로.

장대비 속으로 들어갔다. 고통은 다른 고통으로 잊혀졌다.
'사랑이 다른 사랑으로 잊혀지네'는 차분해졌다. 물기는
말라갔다.

느닷없는 삶,
희망은 있는 것이 아니라 없는 것이 아니다.(뤼신)(2018년)

고
달픈
삶

나는 존재하지 않는 곳에서 생각한다. 고로 생각하지 않는
곳에 존재한다.(라캉) 편한 사람과의 즐거운 대화는 마음을
따뜻하게 데운다. 편한 사람과는 인위적인 감정을 끄집
어내지 않아도 되고, 내부 검열을 하지 않아도 된다. 남자
의 신체 부위 얘기가 오고갈수록 그 훈훈함은 더해진다.
우리는 공동의 적, 그것도 힘 있는 공동의 적에 대한 비난
과 풍자와 조롱에서 짙은 동료애를 느낀다.

더구나 이 시대는 상대적인 악 이런 게 아니지 않은가! 명확해도 너무 명확한 시대, 우리는 거짓말의 시대를 살고 있다.

우리 불평분자들은 막걸리를 마시며 큰 악을 씹었다. 이래 뵈도 나와 역도, 창헌 그리고 호성형님은 조국과 민족의 현실과 미래에 대한 걱정이 많다. 호성형님은 작년 큰 실패를 맛보았다. 회사를 그만두어야 했다. 세상에서 술을 가장 맛있게 마시는 호성형님은 그럼에도 주눅이 들지 않았다.

고달픈 삶, 그러나 우리는 남자 신체 부위와 개를 등장시키며 나아갔다. 몇 달만의 반가운 술자리였고, 권력의 정점에 있는 여자 즉 공동의 강한 적도 있었다. 게다가 맛있는 산성막걸리까지. 조국과 민족 걱정, 거악에 대한 욕, 막걸리 예찬을 거쳐 이제 우리는 그날의 마지막 주제에 접근하고 있었다.
'왜 사회가 혼탁한가?'
호성형님은 명쾌하게 결론을 내렸다.
"말과 행동이 다르기 때문이다!"

이야기는 매일 마주쳐야 하는 말과 행동이 다른 사람으로 옮아가고, 그렇게 우리의 술자리는 욕과 함께 진해져갔다. 허름한 술집에서 산성막걸리와 고갈비를 앞에 놓고 담배를 빡빡 피우며 우리는 감정을 분출했다. 푸근하고 따뜻했다.

그러나 술은 깨고 일상은 물레방아와 같이 돌아온다. 술자리의 호탕한 용기는 고분한 일상 앞에서 흔적 없이 사라진다. 일상에서 우리는 감정을 잘 다루어야 한다. 감정을 가장하고, 없는 감정을 잘 끄집어내어야 한다. 긍정과잉에다 연결과잉, 게다가 감정의 과잉까지. 우리의 일상은 과잉투성이다.

싫은 사람의 말을 듣는 척해야 하고, 말도 안 되는 말에 공감해 주어야 하며, 말과 행동이 다른 사람의 말을 경청해야 한다. 자기밖에 모르는 사람의 자기자랑을 들어 줘야 하며, 돈 자랑을 견뎌야 한다. 나이가 많기에 혹은 지위가 높기에 더 잘났다는 얘기에 수긍하는 척해야 한다. 속으로는 개소리라 되뇌면서도 상대방과 눈을 마주쳐 주어야 하고, 그가 듣기 좋아하는 말을 적당한 시점에 해야 한다. 그것도 입가에 미소를 띠면서.

곤혹은 일상이다.

듣고 있는 중에 이미 피로가 몰려온다. 어깨가 아파 온다. 빨리 그 자리가 끝나기만을 고대한다. 이런 날 저녁이면 피곤하다. 얼굴 근육이 경직되고, 정신은 황량하다. tv 앞에서 멍 때린다. '먹고 살기 위해서 어쩔 수 없다'라고 자위하지만, 그것이 옳다고 확신하지도 못한다.

'사랑합니다, 너무 예쁘시네요, 맞는 말씀입니다, 대단하십니다, 짱이십니다, 참 잘 어울리십니다, 어째 그래 잘하십니까, 최선을 다하겠습니다.'

감정노동을 강요하는 사회, 감정노동을 하지 않으면 뒤처지는 사회, 감정노동이 정상적인 사회, 삶은 안쓰럽다. (2014년)

1. 사무실 회의시간. 지점장과 4명의 남자직원, 2명의 여자 직원이 의자에 앉아 있다. 새로 부임한 지점장이 말을 하고 있다. 소통하고, 공정하고, 직원들 입장에서 생각하고, 직원들이 열심히 일할 수 있는 여건을 만들겠다고 말한다.

2. 사무실 회의시간. 지점장, 세월호 참사 안타깝지만 경제를 위해서 이제 그만 해야 한다고 말한다. 직원 중 몇 명, 세월호와 경제가 무슨 상관이냐며 반발한다. 옥신각신 한다.

3. 사무실 회의시간. 지점장, 법인카드 사용을 자제하라고 말한다. 자기 고객 골프 접대를 위해 직원들은 꼭 필요할 때만 보고한 후 사용하라고 한다.

타악기의 경쾌한 음악과 함께 제목 '가난을 견디는 법'이 올라간다.

4. 저녁. 술집. 직원들 6명이 술을 마시고 있다. 모두 분노에 찬 목소리다. 각자 분노를 쏟아낸다. 지점장의 과거 행적에 대한 적나라한 얘기들이 나온다.

5. 사무실. 지점장, 직원들 자리를 다니면서 잔소리를 한다. 다시 회의시간. 직원들과 휴가 문제로 옥신각신 한다. 지점장은 여러 이유를 들며 휴가를 자제하라고 말한다.

6. 저녁. 술집. 직원들 6명이 술을 마시고 있다. 모두 욕을 쏟아낸다.

7. 사무실 회의시간. 지점장, 성과급 일부를 갹출하라고 말한다. 자신의 골프 비용을 직원들의 성과급에서 갹출하겠다고 한다. 직원들 어이없어 한다.

8. 사무실. 한 직원의 책상 앞에 모두 모였다. 구조조정에 대한 이야기를 하고 있다. 노조 지부장이 노조의 입장을

전달하고 있다. 투쟁 지침을 전달하고 투쟁복을 지급한다.

9. 사무실 회의시간. 직원들 모두 투쟁복을 입고있다. 지점장, 정리해고를 자유롭게 하지 못하니 회사가 어렵다고 말한다. 직원들과 논쟁을 벌인다.

10. 저녁. 술집. 직원들 모두 불안해한다. 각자의 사정을 얘기하며 어두운 분위기다.

11. 사무실. 다시 한 직원의 책상 앞에 모두 모였다. 지점장이 작성한 직원별 동향이라는 사찰 문건을 보고 있다. 직원들의 성향이 자세히 기록되어 있다. 모두 분노한다.

12. 저녁. 술집. 직원들 울분을 토하고 있다. 시간이 가고 직원 한 명이 이렇게 아니라 매주 몇 가지 주제를 잡아서 토론을 해나가는 게 어떻겠냐는 말을 한다. 모두 흔쾌히 동의한다.

13. 저녁. 식당. 한 명은 노트와 필기구를 가지고 있다. 노트에는 '가난을 견디는 법, 싫은 사람 만났을 때 대처하는

방법, 기회주의자들을 몰아내는 방법'이 적혀 있다. 직원들 열심히 토론한다.

14. 직원들 토론에 더 열심히 참여한다. 노트의 분량이 점점 두꺼워져 간다. 노트에는 수많은 토론 주제가 적혀있다.

'가난을 견디는 방법, 뱃살 가리는 방법, 멋있고 예쁘게 보이는 방법, 천천히 걷는 방법, 자식 잘 키우는 방법, 진급하는 방법, 뱃살 빼는 법, 정력 강해지는 방법, 답답함을 이기는 방법, 안 좋은 사주팔자 극복하는 방법, 힘든 사람 격려하는 방법, 일을 하는 척 하는 방법, 조롱에 대처하는 방법, 방구 끼고 안 낀 척 하는 방법, 엘리베이터에서 뻘쭘함을 극복하는 방법, 싫은 사람 골탕 먹이는 방법, 책 빨리 읽는 방법, 무식함을 들키지 않는 방법, 유식해 보이는 방법, 피부가 좋아지는 방법, 시기에 대처 하는 방법, 자기 자랑에 대처하는 방법, 기가 센 사람을 대하는 방법, 부자 같이 보이는 방법, 술 조금 먹는 방법, 취하지 않는 방법, 술 얻어먹는 방법, 술 먹이는 방법, 다른 사람 취하게 하는 방법, 집안 일 안 하는 방법, 어린놈이 반말할 때 대처하는 방법, 못 생긴 놈이 잘 생겼다고 우길 때 대처하는 방법, 맘을 덜 고생시키는 방법, 눈치 안 보는 방법, 일 열심히 하는 것처럼 보이는 방법, 내 말에 집중하게 하는 방법, 어색한 침묵을 극복하는 방법, 새벽에 잠이 깼을 때 대처하는 방법, 잠 안 올 때 대처하는 방법, 잔소리에 대처하는 방법, 돈에 굴복하지 않는 방법, 야망형 인간에 대처하는 방법, 회의를 무력화시키는 방법, 부인에게 불쌍하게 보이는 방법, 싫은 술자리를 피하는 방법, 부인을 만족시키는 방법, 단단히 발기하는 방법, 대중교통 앉아가는 방법, 실패에 대처하는 방법, 사기 당하지 않는 방법, 감정이 격해질 때 대처하는 방법, 서로가 서로를 지켜주는 방법 등등.'

15. 사무실. 직원들 얼굴에 미소가 가득하다. 전날 토론에서 도출한 결론을 실행한 결과가 매우 만족스러웠기 때문이다.

16. 직원 중 한 명이 다음 주는 '대통령이 되는 방법'에 대해 토론해보자는 제안을 한다. 장면이 바뀌고 직원들 '대통령이 되는 방법'을 토론하고 있다. 깔깔거리며 매우 유쾌하다.

17. 술집. 직원들 차기 대선에 나설 사람을 정하고 있다.

18. 직원들, 토론에서 도출한 계획들을 실행에 옮긴다. 저녁 술자리는 대선캠프로 변하고 직원들은 헌신적으로 일한다.

19. 시간이 흐른 후, 동료들 바짝 긴장한 표정으로 청와대에 들어선다. 대통령이 된 직원, 동료들과 영빈관에서 대화하고 있다. 대통령, 수행원을 모두 물린다. 예전과 같은 즐거운 분위기가 된다.

20. 대통령과 동료들, 예전 토론했던 술집에서 깔깔거리며 술을 마시고 있다. 대통령은 어려움을 토로한다. 동료들, 대통령의 어려움에 대한 정책적, 정치적 해결을 토론한다. 밖의 경호원들은 힘들어 한다.

21. 대통령과 동료들 술집에서 '잘 사는 것, 삶의 의미, 오래가는 만족'에 대해 토론을 하고 있다. 삶의 의미는 돈이나 명성, 권력이 아니라 좋은 사람들과 행복한 시간을 보내는 것, 내가 더 좋은 사람이 되는 것이라고 말한다. 그리고 즐거움뿐만 아니라 고통도 함께 향유하는 삶 속에 깊은 행복이 있다고 말한다.

22. 동료들의 즐거움과 대비되게 고약한 지점장은 짐을 싸 사무실을 나온다. 타악기 음악이 경쾌하게 울려 퍼지면서 영화는 끝이 난다.(2015년)

4장.
분노 에너지

토끼는 맘을 단단히 먹어야 한다. 또 다시 12월이다. 17년이 되었다. 결혼을 혼자 한 것도 아닌데 토끼는 매년 물질을 요구한다. 물론 반항을 했었다. 같이 준비하자, 안주고 안 받기 하자, 돈 없다, 마음이 중요하다 등 여러 타협책을 제시했지만 토끼는 꿈쩍도 하지 않았다. 땡깡은 살과 함께 철옹성이 되어가고 있다.

나는 아름다운 시절을 회상하지 않을 수 없다.

한때 토끼는 깃털처럼 가벼웠다. 번쩍 머리 위로 들어서 빙글빙글 돌리고, 안아서 스쿼트도 수십 개 할 수 있었다. 가벼웠던 그 시절 토끼는 잘 웃고 깡충깡충 뛰었다. 참 우아하고, 순수하고, 나긋나긋했다. 혀로 거의 모든 문제들을 해결할 수 있었다. 나는 TV 리모컨을 끊임없이 돌리거나 침 흘리며 자빠져 잤다. 참 좋은 시절이었다.

그렇다고 지금 토끼가 우아하지 않은 것은 아니다. 왜냐하면 이 글은 수신인이 명확한 결혼기념일 축하글이기 때문이다. 나는 토끼의 살이 좋다. 살이 없던 시절 토끼는 몸살을 달고 살았다. 조금의 노동도 견뎌내지 못했다. 일주일에 2~3일은 침대에 쓰러져 있었다. 토끼는 살과 함께 정상인으로 살고 있다. 우리가 혐오하는 살이 중요한 역할을 한다는 사실을 나는 토끼를 통해 알았다. 물론 안을 때 배가 먼저 닿는 단점이 있긴 하지만.

아무튼 토끼는 매년 물질과 함께 글을 요구한다. 글을 무슨 자판기 커피같이 생각하는 것 같다. 화가 나는 것은 결국 토끼의 요구대로 글이 나온다는 사실이다. 또 화가 날 때는 아플 때다.

토끼는 엉덩이를 두드리며 푹 자고 나면 나을 것이라고 말한다. 관심과 정성, 보살핌이 아니라 영혼 없는 말로 때우는 것이다. 참 좋았던 시절 내가 써먹었던 수법을 이제 토끼가 쓰고 있는 것이다.

토끼가 강경하게 선물을 요구하는 이유는 '같이 살아 주기 때문'이다. 풀어서 얘기하면 다음과 같다. '머리 크고, 배 튀어 나오고, 다리 짧고, 게다가 결정적으로 돈도 잘 못 버는 주제에 같이 살아주는 걸 영광으로 알아라, 모실 수 있는 것에 감사해라, 그러니까 선물을 안 받는 것이나, 주고 받는 것은 천부당만부당이다.' 인간은 진실 앞에서 약해지는 법이다. 진실에 가까운 사람일수록 삶은 당당하다. 토끼 앞에 마주선 나의 삶은 눈가의 주름처럼 쭈글쭈글해질 수밖에 없다.

토끼는 요즘 자주 분노한다. 씩씩거리며 내게 와서 격렬한 말들을 쏟아낸다. 도대체 어떻게 저런 사람이 대통령이냐, 입만 열면 거짓말이다, 창피하다, 어이가 없다 등. 2016년 10월 우리는 혁명을 하고 있다. 1987년 20살이던 나는 혁명이 비혁명으로 마무리되는 것을 보았다.

혁명은 혁명적으로 해야 한다는 글을 토끼에게 줬다. 매주 토요일 나는 토끼를 모시고 촛불집회에 나가고 있다. 토끼는 투사로 거듭나고 있다.

투사가 돼가고 있는 토끼를 보며 나는 뿌듯함과 편안함을 동시에 느낀다. 세상은 이미 오래 전부터 터무니없었고, 약자의 고통에 무감했다. 토끼는 드디어 그 터무니없음에 분노하고, 약자의 고통에 격렬하게 공감하기 시작한 것이다. 피부를 경계로 하는 자기 편리주의가 아니라 뜨겁고 따뜻한 맘을 가진 사람으로 변모해 가고 있기 때문에 토끼는 내게 뿌듯함이다. 또한 자기 검열 없이 맘 놓고 더 나은 세상을 얘기할 수 있게 되었다는 점에서 토끼는 내게 편안함이다.

이야기는 지금부터다. 토끼는 맘을 단단히 먹어야 한다. 토끼는 감정 기복이 큰 편이다. 나와 우울하게 있다가도 아들놈의 도어락 누르는 소리가 들리면 그 즉각 표정이 밝아진다. 어느 저녁 토끼는 기분이 좋았던 모양이다. 내게 바짝 다가와 물었다.
"당신은 몇 살까지 살 것 같애?"
"70살 정도?" 내가 답했다.

토끼는 잠시 생각 후 밝은 표정으로 말했다.

"그러면 한 20년만 고생하면 되겠네."

서운했지만 격해지지는 않았다. 고개를 끄덕인 후 말했다.

"이번 생만 있는 게 아니다. 다음 생도 토끼와 함께 할 거
다."

토끼는 말이 없었다. 나는 큰 몸짓과 함께 말을 이었다.

"우리 큰 흐름에서 보자. 내가 먼저 가서 토끼 오는 것 딱
보고 있을끼다. 맘 단단히 묵어라."

토끼는 즉시 시무룩해졌다. 홈쇼핑이 있는 본래의 자리로
휙 되돌아갔다.

말이란 듣는 상대에게 가는 것이지만 자신에게로도 되돌
아오는 법이다. 토끼의 빈자리를 생각들이 웅성거렸다. 내
게 주어진 길지 않은 시간, 나를 둘러싼 경계들, 우리 사회,
먹고 살 걱정 그리고 꿈들이 어른거렸다. 나는 나를 모
른다. 그러나 토끼는 어쨌든 맘을 단단히 먹어야 한다.
(2016년)

토
끼
와
태
풍

힘이란 실재가 아니라 믿음이다. 토끼와 태풍이라 하면 토끼가 태풍같이 화를 낸 것이라 생각할 것이다. 다행스럽게도 그건 아니다. 그냥 자연현상으로써의 태풍이다. 한글날 태풍이 온다는 예보가 있었다. 막상 당일이 되니 초저녁까지 비만 좀 왔을 뿐 태풍의 기미는 뚜렷하지 않았다.

평소와 다름없이 운동을 가려는 참이었다.

그런데 토끼가 제지하는 게 아닌가. 미리 청소까지 다 해 놓았기 때문에 토끼가 운동을 못 가게 막을 이유는 없었다. 미성숙한 남자들이 거의 예외 없이 그렇듯, 내 머리 속은 운동갈 생각밖에 없었다. 더구나 라켓줄을 새로 매지 않았던가! 그것도 시합을 대비해 장만한 새 라켓에. 불꽃을 뿜을 스매싱, 나는 설렘을 주체할 수 없었다.

내가 이런 식으로 얘기하면 우월한, 존중해 마지않는 여자들은 라켓줄 새로 맨 게 무슨 큰일이냐고 나를 비웃을 것이다. 심지어 불꽃 스매싱이 뭐가 중요하냐고 욕도 할 것이다. 그러나 우리 어리석은 남자들에게 라켓을 새로 사고, 줄을 새로 매고 하는 것은 진실로 중요한 일이다. 낚시, 야구, 축구, 탁구, 바둑, 수영, 수집 등 대부분의 분야에서 새로 구입한 장비는 설렘 그 자체다.

나는 그날 차 뒤 트렁크 가방 속에 있는 그 에이스라켓 생각을 떨쳐 버릴 수가 없었다. 새 줄로 말쑥하게 치장한 그 라켓으로 스매싱을 했을 때 '빵' 하는 소리와 함께 손과 온몸으로 전해지는 그 미묘한 진동. 그리고 바닥에 꽂히는 콕. 완벽한 스윙은 허기질 때 먹는 입에 짝 달라붙는 꼬들꼬들한 라면과도 같은 만족감이랄까.

그런데 세상에! 운동 간다고 토끼의 영역인 큰 방에 통보
하러 갔다가 붙들리고 말았다. 자기 옆에 누우라는 것이
었다. 7시 30분. 일일연속극이 할 시간이었다. 일일 연속
극, 참 미칠 노릇이었다. 나는 보기와 달리 드라마나 영화
의 대사와 구성에 민감하다. 그런데 일일연속극의 대사는
사람을 미치게 한다. 오그라들게 만드는 대사와 구성. 내
의지와 상관없이 그걸 보고 있노라면 오만가지 상념들이
떠오른다. 처음 몇 분간은 잠자코 본다. 그러나 5분을 넘기
지 못한다. 불만과 불평은 통제되지 않은 채 터져 나온다.

말을 쏟은 후 '아차' 했다. 그냥 말없이 보다가 내 영역으로
슬쩍 넘어가면 그만인 것을 괜한 짓을 한 것이었다. 토끼의
반격이 거셀 것이라는 예상은 어렵지 않게 할 수 있었다.
시간은 이미 8시 30분을 넘어 9시를 향해 가고 있었다.
배드민턴은 이미 늦었다. 빨리 맘을 접어야 했다. 미련은
감정의 낭비일 뿐이다. 그날 배드민턴은 내 몫이 아니었던
것이다. '내 몫.' 그 단어를 생각해 내기까지 40년이 걸
렸다. 그 다음, 내 몫이 뭔지 아는데 또 몇 년이 걸렸다.
세상에는 내 몫의 돈이 있고, 내 몫의 사람이 있고, 내 몫의

일이 있다. 내 몫이 아닌 것에는 미련을 가지지 않아야
한다. 피곤할 뿐이기 때문이다. 내 몫의 돈이 없다면 '착하
게' 가난을 견뎌야 한다. 큰 흐름 속에서 보면 한 시절일
뿐이다. 나는 50살 이후의 삶이 지금과는 완전히 다를 것
이라 예상하고 있다. 또 다른 내 몫의 일. 나는 설레고 있다.

그나저나 나는 위기에 몰렸다. 위기는 기회라고 말하지만,
실제 대부분의 경우 위기는 그냥 위기일 뿐이다. 위기가
기회가 되는 경우는 드물다. 잔소리에 대한 토끼의 보복이
예상되는 순간 하늘이 도왔는지 기적과도 같이 잠이 왔다.
안경을 벗고 돌아누웠다. 토끼의 보복성 멘트가 이어질 줄
알았지만 의외로 잠잠했다. 드라마에 몰입해 있었든가
아니면 내가 잠든 후 토끼의 불평이 있었든가 그것도 아니
면 불쌍해서 그냥 내버려두었든가 그 중 하나일 것이다.

아참, 토끼가 왜 나를 자기 옆에 누우라고 했는지 말하지
않았다. 태풍의 기미가 조금 있던 그날 토끼는 자기를 보호
해야 한다는 명분으로 내 운동을 제지했다. 그리고 나는
눕자마자 정신없이 토끼를 보호했다.(2013년)

추위가 시작되고 있었다

북쪽으로 가는 것은 자신의 힘을 시험하기 위한 장애물을 찾아가는 것이다. 남쪽으로 가는 것은 휴식과 평온을 찾아 나서는 것이다.(베르나르 베르베르) 시합시간은 무려 아침 8시였다. 한참 자고 있을 시간에 시합이라니. 너무 가혹한 시간이었다. 시합 전날 몸을 풀 겸 체육관으로 향했다. 그날따라 콕이 라켓에 착착 감겼다. 되는 날은 수비가 기가 막히게 된다.

내 파트너도 마찬가지였다. 못 받는 공이 없었다. 평소 한

번도 이기지 못했던 팀들을 격파해 나갔다. 10시 반까지 정신없이 쳤다. 엄동설한에 바지까지 흥건히 젖었다. 개운 했지만, 불안했다.

샤워 후 잠자리에 들었다. 아! 그런데 이게 어찌된 일인가. 정신이 맑은 게 아닌가. 고시 공부를 해도 될 만큼. 판단은 빨라야 한다. 일어나 읽고 있던 한비자를 펼쳤다. 중국 전국시대 말기에 살았던 법가 사상가. 이름은 한비. 진시황이 그의 열렬한 팬이었지만, 진시황제에게 죽임을 당한 지독한 말더듬이. 제왕학의 교과서. 새벽 2시를 넘어가고 있었다.

휴대폰이 울렸다. 파트너였다.
"행님 오고 있습니까?"
시계를 봤다. 7시 30분이었다.
허겁지겁 체육관에 들어섰다. 파트너가 반갑게 나를 불렀다.
"행님!"

스트레칭을 하며 대기석으로 갔다. 몸을 풀었다. 근데 뭔가 이상했다.

땅을 디디고 있는 감각이 평소와 달랐다. 살짝 떠 있는 느낌이랄까. 상대팀도 머리가 떡이 돼 있었다. 21대 20. 우리가 줄곧 앞서가고 있었지만 불안했다.

결정적인 실수 두 개를 했고 그것이 분기점으로 작용했다. 아쉬움은 부풀어 오르고 생각은 많아지고 있었다. 짜장면 생각이 났다. 짜장면을 먹으면 초반 탈락의 아쉬움과 자기 원망을 잠재울 수 있을 것만 같았다. 짜장면 대신 낮술을 한잔했다. 파트너와 나는 조용히 헤어졌다. 추위가 시작되고 있었다.(2013년)

좋은 실패는 동정을 끌어 모은다. tv를 보는 일은 에너지 소모가 크다. 두 시간 정도 채널을 돌리고 나면 지치고 멍청해진다. 왜곡이 심한 것도 또 하나의 이유가 되었다. tv로부터 자연스럽게 멀어졌다. 토끼는 아들놈을 옆에 차고 홈쇼핑과 연속극에 몰입한다. 심심찮게 내 영역으로 깔깔거리는 웃음소리가 들려오곤 한다. 그런 웃음소리가 들릴 때면 나 또한 맘이 푸근해진다. 선행을 한 것 같은 으쓱함이랄까?

사람들 간에는 관계에 맞는 거리가 있다. 그 거리를 유지해야만 건강성이 유지된다. 토끼와 아들놈의 웃음 소리에서 나는 큰방과 내 방과의 거리, 편안함을 주는 거리를 생각한다. 나는 동계 올림픽 기간임에도 큰방과는 거리를 유지하고 있다. 몇 년 전만 해도 올림픽이나 월드컵 시즌이 되면 tv 앞에서 얼쩡거리며 맘을 졸였다. 그러나 요즘은 그 방면으로 큰 관심이 가지 않는다. 40살 중반을 넘어서면서 '눈이 멀어 어디로 갈지 모르는 것처럼' 사는 문제가 다른 사안들을 집어 삼켰기 때문일 것이다.

인터넷으로 이상화가 금메달을 딴 것을 알았다. 이상화가 스케이트를 안 했으면 서울대에 갔을 것이라는 기사도 있었다. 어처구니없는 말들의 시대다. 운 좋게도 자기가 제일 잘 할 수 있는 분야에 진출했기 때문에 최고가 될 수 있었던 것을 가지고…. 안현수가 금메달을 따면서 빙상연맹에 대한 비난이 쏟아지고, 감사가 진행되고 있다는 뉴스도 있었다. 상식과 합리가 배제된 폐쇄적인 사회에서 인재들은 떠나가고 있다는 생각이 들었다. 출근을 서둘렀다. 며칠째 깜빡했지만 그날은 어떻게 눈에 띄었다.

돼지저금통은 이미 오래 전에 꽉 차 있었다. 한 손에는 토끼가 졸린 눈으로 깎아 준 사과비닐을 들고, 다른 한손에는 돼지저금통을 들고 집을 나섰다. 여느 날과 다르지 않은 아침이었다.

오전 10시쯤 문자메세지가 들어왔다. 20만원이 입금되었다. 보낸 이는 토끼였다. 토끼가 웬 돈을? 생각을 더듬어 보았다. 그러나 토끼가 내게 돈을 보낼 이유는 없었다. 횡재다. 먼저 전화해서 이유를 물어볼만큼 나는 어리석지 않다. 마음 한 구석에는 불안감이 있었지만 불안은 불안대로 그냥 안고 가는 게 맞다고 판단했다. 친구들을 불렀다. 점심을 먹고, 저녁에 술을 마셨다.

이익과 불안 중 나는 이익을 택했다. 일찍이 한비자가 말하지 않았던가. 신하와 임금은 물론 부자 관계조차도 이익에 의해 움직인다고. 집에 오니 토끼는 살짝 토라져 있었다. 고맙다는 인사를 하지 않았다고. 불안은 그냥 지나가는 법이 없다. 당황을 들키면 더 강한 역습이 들어 오리라는 짐작은 어렵지 않았다. 약자는 눈치를 많이 볼 수밖에 없다. 그래서 약자는 체력이 좋아야 한다.

나는 별 일 아니라는 듯이 말했다.

"깜빡했다. 고맙다. 토끼밖에 없다."

"왜 보냈는지 알기는 해요?"

"모르겠는데."

"아침에 돼지저금통 가지고 나가길래 불쌍해 보여서."

"뭐가 불쌍해 보이던데?"

"덩치 큰 사람이 돈이 없어서 돼지저금통 들고 나가는 모습이 짠하고, 안쓰러워서……"

"역시, 과연 토끼밖에 없다."

그 순간 작년에 입던 옷에서 돈이 잡히는 것 같은, 까맣게 잊고 있던 로또가 당첨된 것 같은 깨달음이 내게 왔다. 사실 나는 돈이 없어서 돼지저금통을 들고 나온 게 아니었다. 단지 돼지저금통이 다 찼기에 그랬던 것인데, 그게 토끼 눈에 측은하게 보일 줄이야! 나는 진실을 실토해서 토끼의 생각을 수정할 맘이 추호도 없었다. 거실 책장 위에선 이익이 흘러나오는 금고 하나가 반짝이는 느낌이 들었다.

그것도 달콤하기 그지없는 이익. 재료비가 드는 것도 아니고, 등장인물이나 소품이 필요한 것도 아닌, 단지 연기력 하나만으로 창출되는 수익원. 나는 설레고 있었다.

진실은 묻을 수 없고, 묻을수록 힘이 세진다고 한다. 그러나 진실을 묻으면 이익을 챙길 수 있다. 맘 한번 바꾸면 혹은 불편을 감수하면 먹고 살기가 편해진다. 나는 이 어처구니가 없는 슬픈 시대에 연기자로 거듭 나고 있다.(2014년)

덕(德)이란 글자는 얻는다는 뜻의 득(得)에 마음심(心)이
합성된 글자라 한다. 덕은 마음을 얻는 것이다.

"경영진의 한 사람으로서 우선 직원 여러분께 사과의 말
씀을 드립니다. 그간 마음고생이 많았을 걸로 생각됩니다.
이렇게 직접 찾아뵙고 사과를 드리는 게 도리인 것 같아
이렇게 왔습니다."

오후 4시 직원들이 모두 모인 가운데 임원의 말이 시작되었다. 동글동글한 외모와 순한 인상이다.

"회사로서는 불가피한 조치라 이해해주었으면 좋겠습니다. 경영진인들 구조조정을 하고 싶어 하겠습니까? 자기 새끼 내보내는 게 어디 쉬운 일입니까? 저희도 맘이 아픕니다. 그러나 어쩌겠습니까?"

거기까지만 하면 좋겠다는 생각이 들었다. 자기 책임을 밑으로 내리는 무책임한 50대, 자기만 아니면 괜찮다는 염치없는 50대, 미국식 신자유주의밖에 모르는 무식한 50대 그리하여 세상물정 모르는 철없는 50대의 얘기가 나오지 않기를 기원했다.

"우리나라는 미국과는 달리 해고를 마음대로 못하지 않습니까? 그러니 어쩌겠습니까?"

욕이 끓었다. 무책임하고, 염치없고, 무식하고 그리하여 철없는. 부끄럼이 밀려왔다. 박근혜와 최경환과 김무성이 생각났다.

'세월호 유족들 언제든지 찾아오라, 우리 아이들에게 삐뚤어진 역사를 가르칠 수는 없다, 빚내서 집사라고 한 적 없다, 국민 건강을 위해 담배 값을 인상한다, 노동관계법을 통과시키면 일자리가 늘어난다, 데모 안했으면 국민소득 3만 달러가 벌써 됐다.' 등등

아베와 일본 생각도 났다. '위안부에 대해 군이 관여했지만 국가의 개입은 없었다. 조선을 보호하기 위해 합병했다.'

사기의 시대. 간당간당한 삶에 울분까지 더해진다. 20살 때 어처구니없는 전두환에 저항했다. 많은 이들이 그 시대를 건너오지 못했다. 내 나이 40~50살 정도면 전두환 같은 터무니없는 인간은 사라질 것이라 생각했었다. 더 나은 사회가 될 것으로 믿었다. 그러나 이렇게 되고 말았다. 사기의 시대에 편승해 살 수는 없는 노릇이다. 정당하기 위한 노력, 지나간 시간, 어처구니없는 현실.

저열함을 경쟁하는 시대를 건너는 일은 쉽지 않다. 무능하고 부도덕한 사람들이 행사하는 권력이 올바를 리 없

다. 존엄과 번영은 우리와 가장 상관없는 단어가 되었다. 저열함은 사회 깊숙이 파고들었다. 책임을 져야 할 놈들이 고개를 빳빳이 드는 것도 모자라 칼자루를 흔들고 있다.

정상을 지향하는 힘은 미약하다. 시대를 건너는 힘이 무관심일 수는 없다. 무임승차일 수도 없다.(2016년)

잘못된 삶 속에 올바른 삶은 없다.(아도르노) 불알친구가
왔다. 서면 오복미역에서 점심을 먹었다. 줄서는 식당이므
로 열심히 빨리 먹었다. 국물 맛은 깊었다. 사골과 미역과
가자미의 조화는 절묘했다. 실력은 행복을 준다.

천장 높은 커피숍에 앉았다. 우째 사냐, 돈은 되냐, 우짜
겠노, 우째 되겠지 등등의 말이 오간 후 서울 사는 친구 애

기가 나왔다. 서울 그 놈은 잘 산다고 친구가 말했다. 순간 욱하고 말았다.

작년 여름쯤이었다. 밴드에 서울 그 놈의 글이 올라왔다. '세월호, 참 가슴 아프지만 이제 경제를 위해 그만 좀 하자.' 그 글을 보는 순간 한마디 말이 입 밖으로 튀어 나왔다. 개새끼. 혐오 수준에 다다른 저열함에 대해 나는 괴물이 되지 말자는 온건한 댓글을 쓰는 것으로 끝냈다.

그런데 오랜만에 찾아온 친구가 서울 그 놈을 잘 산다고 한 것이다. 단지 돈이 조금 많은 것을 두고. 발가락이 예쁜 걸 두고 외모가 예쁘다고 말하는 것과 같다. 일부를 가지고 전체를 판단하는 전형적인 오류다.

돈은 삶을 구성하는 일부다. 결코 삶 전체가 될 수 없다. 삶에는 사랑, 정의, 배려, 희생, 기여, 용기, 명예, 공동체 등이 함께 녹아 있다. 돈이 많다고 잘 사는 것이 아니라 사랑을 지켜내고, 명예롭게 살고, 정의에 헌신하고, 어려운 사람을 배려하고, 사회에 기여하고, 공동체를 위해 노력하는 삶이 잘 산 삶이다. 그것으로부터 자부심이 배어난다.

삶의 궁극은 자부심이다. 자부심은 사기와 졸렬함과 비겁과 시기와 이기심으로부터 기원하지 않는다. 우리 안에 내재화되어 있는 심성은 야비함이 아니다. 야비함이 일반적 심성이라면 우리 인간은 생존할 수 없었다. 우리는 정의롭고, 배려하고, 꿈꾸는 존재다. 자부심은 그런 것들로부터 기원한다.

자부심은 삶을 밀고나가는 힘이다. 독립운동가들, 독재에 항거했던 사람들, 더 나은 사회를 위해 헌신한 사람들, 그들의 삶은 고난이었다. 그들을 그 길로 향하게 하고, 오랜 시간 그런 삶을 살게 한 것은 강요가 아니다. 그들은 정의와 더 나은 사회를 위해 헌신하는 삶에서 배어나는 자부심으로 시간을 밀고 나갔다. 결국 자부심이다.(2015년)

자
취
녀
와
사
람
사
이
의
거
리

C가 자취녀의 자리로 갔다. 뭔가를 열심히 설명했다. C와 자취녀의 거리는 가까웠다. 연인들의 거리라고 해도 손색이 없었다. C가 좁힌 거리를 자취녀 또한 거부하지 않는 눈치였다.

남자들의 시기심은 타오르기 시작했다. 저러다 입술과 입술이 마주치지 않을까 노심초사했다. 게다가 자취녀는 오늘 유독 많이 파진 블라우스를 입고 있었다. 날씬한 몸매와 깨끗한 피부 그리고 넘치는 볼륨. 남자들은 애가 탔다. 간간히 C의 호탕한 웃음소리와 그에 대응하는 자취녀의 옅은 웃음소리가 들려왔다. 남자들은 그들로부터 눈을 뗄 수가 없었다. 그 남자들 중에 A가 있었다.

A는 비대한 몸집과 난폭한 성격 그리고 자기 이익을 잘 챙기는 것으로 소문이 나 있었다. 이익을 위해 행동이 필요할 때면 압도적인 힘을 주저 없이 행사했다. 그 힘 앞에서 상식이나 정의는 흰 파도와 같은 것이었다. 얼마 전 자기 깡만 믿고 A에게 대들었다가 병원으로 실려 간 I에 대한 일화는 공포심을 자아내기에 충분했다. 병문안을 간 동료들은 I의 몰골에 경악했다.

얼굴은 형체를 알아보기 어려울 정도로 부었고, 갈비뼈가 4개 부러졌으며, 왼쪽 발목은 깁스를 하고 있었다. 인대가 끊어졌다고 한다. 남자들은 '사람을 어떻게 이런 꼴로 만드냐'며 A에 대해 분노했다. 그러나 아무도 그 얘기를 공론화하지 않았다. A는 상징적인 두려움이었다.

자취녀와 C의 희희덕거림을 A는 이글거리는 눈으로 바라봤다. 그리고 생각했다. '인간들 사이에는 그에 맞는 거리가 있다. 그 거리를 유지해야만 건강한 관계가 유지된다. 그런데 저들은 통상적인 거리를 벗어났다. 이건 상도의를 무시하는 짓이자 나의 존재를 부정하는 것이다.'

A는 손이 근질근질해지기 시작했다. 그러나 옹졸한 사람으로 비쳐질 것이 염려스러웠다. 지그시 눈을 감으며 화를 삭였다.

이런 생각도 들었다.

'남자는 항상 여자를 가르치려 한다. 어찌 보면 환장한 것 같기도 하다. 그것에 대한 여자들의 불평은 전적으로 옳다. 여자를 가르치고, 그 여자가 고마움을 표할 때 남자는 자신을 아주 큰 존재로 인식한다. 여자를 가르치는 것은 동물의 세계에서 자신의 몸을 크게 부풀리는 것과 같이 행위다. 여자의 입장에서 생각해 보면 피곤하기 짝이 없는 짓이다. 한두 놈도 아니고 개나 소나 가르치려 드니 참 미칠 노릇일 것이다. C가 그 짓을 못 하도록 해야 한다.'

A는 결단을 내렸다. 천천히 일어나 또박또박 정성스런 걸음으로 자취녀의 자리로 나아갔다.

A가 일어나자 시선은 모두 A에게로 쏠렸다. A는 크고 강해 보였다. 자취녀와 C는 바짝 긴장했다. 둘은 침을 꼴깍했다.

C는 A에 맞설 수 없다는 사실을 본능적으로 직감했다. 그러나 비굴한 모습을 보이기는 싫었다. 그 동안 남몰래 싸움의 기술을 단련해 온 것을 시험하고픈 욕망이 꿈틀거렸지만 용기는 욕망에 붙어있지 않았다. C는 자취녀로부터 조용히 한 발짝 물러났다. 그렇지만 얼굴의 미소까지 거두기에는 자존심이 허락하지 않았다. 미소를 머금은 채로 퇴각하는 것이 C로서는 최선이었다.

그 장면을 지켜보고 있는 이들도 긴장하기는 마찬가지였다. 그 재밌다는 싸움 구경인데다 막강한 A, 나이와 근성의 C, 아름다운 자취녀가 한 데 엮인 사건이 아닌가! 그들은 입 안에서 샘솟는 침을 삼키기에 바빴다. 단지 J만은 이 상황을 즐기고 있었다. 내심 A가 한꺼번에 자취녀와 C를 제압하는 모습을 보고 싶었다. J는 고소한 과자 포장지를 뜯을 때와 같은 설렘으로 A의 위풍당당한 풍채를 우러러 보고 있었다.

침을 꼴깍한 다음 순간 자취녀는 이 상황이 영 못마땅했다. 짜증도 일어났다. A와 C사이에서 자신만 불편한 처지가 된 것에 대해 은근히 화가 치밀었다. 자취녀는 A나 C 어디에도 얽매이고 싶지 않았다. 그들은 도움과 지원을 핑계로 자취녀에게 다가왔지만, 자취녀에게 불편하기는 매한가지였다. 자취녀는 다가오는 A를 보며 한바탕 쏘아붙일 기회라 생각하고 속으로 결의를 다지고 있었다. 그리고 자취녀는 생각했다. '야비하고 치사한 놈.' 그리고 또 생각했다. '미국과 중국 그리고 일본을.' (2016년)

말해질 수 있는 것은 명료하게 말해질 수 있다. 그리고 이야기할 수 없는 것에 관해서 우리는 침묵해야 한다. (비트겐슈타인) 툭 튀어나온 배에, 다리는 짧고, 머리는 큰 바위인 사람이 반바지에 슬리퍼를 질질 끌고 간다. 한 손에는 조그만 손가방이 덜렁거린다. 옆구리에는 뭔가를 끼고 있다. 뒤에 가던 여자 둘이 쑥덕인다.

키 큰 여자가 키 작은 여자에게 묻는다.

"저 아저씨 직업이 뭐겠노?"

키 작은 여자가 고개를 갸웃하며 대답한다.

"일반 직장인은 아닌 것 같고... 조폭 같은데."

키 큰 여자가 깔깔거린다. 그리고 비웃듯이 말한다.

"저저 비율 함 봐라. 4등신... 좋다 백번 양보해서 5등신!"

키 작은 여자가 맞장구를 치며 말한다.

"뭔 다리가 저렇노. 기형이제. 기형. 엄청 뭉쳤다."

키 큰 여자가 말을 받는다.

"걸음걸이 또 어떻고. 뭉친 기 팔자네."

키 작은 여자가 키 큰 여자의 귀에 대고 속삭인다.

"저 아저씨 일수꾼 같다."

키 큰 여자가 큰소리로 웃는다.

그 웃음소리가 어찌나 컸던지 주위 사람들의 고개가 일제
히 그녀들에게로 향한다. 키 큰 여자는 움찔한다. 곧이어
키 작은 여자에게 속삭인다.

"맞다. 일수꾼이다. 일수꾼이 아니면 어느 미친놈이 저런
손가방을 들고 댕기겠노."

키 큰 여자와 키 작은 여자는 키득키득한다.

즐거움은 둘이 낀 팔짱을 더 견고하게 했다. 별 것 아닌 것 같지만 공동의 비웃음은 도움이 되었다. 술이 거나하게 된 나는 토끼에게 줄 복숭아 상자를 옆구리에 끼고, 손가방을 한들한들 흔들며 집으로 갔다.(2016)

토끼는 만세 자세로 사락사락 자고 있었다. 다리는 여전히 예술적이다. 화장끼 없는 얼굴은 맑다. 아름다웠다. 예민한 토끼가 깨지 않도록 바들바들 문을 닫았다.

5월 초 어느 아침, 바람 속에 비가 날리고 있었다. 안개도 첨벙첨벙했다. 비와 안개는 먼 산을 어슬렁어슬렁 보게 한다. 나는 담배를 물었다.

담배 연기는 휘익휘익 날아갔다.

토끼와 나의 시간은 술렁술렁 흘렀다. 17년이다. 그 중 15
년은 어린놈도 함께였다. 어린놈은 3.2kg으로 태어났다.
엄마, 아빠는 또랑또랑 열광했다. 매주 팔랑팔랑 찾아 뵈었
다. 토끼와 나는 뭔가 대단한 일을 한 것 같았다. 어린놈은
밥을 먹여 놓으면 깡충깡충 뛰었다. 잠도 색색 잘 잤다. 내
엄마가 그랬듯 어린놈은 토끼의 거의 전부로 무럭무럭 자
랐다.

고 귀여운 놈이 올해 중2가 되었다. 지 엄마의 키를 팔짝
팔짝 뛰어넘더니 어디 내놔도 부럽지 않을 장딴지와 허
벅지로 무장했다. 토끼를 힘으로 홀짝홀짝 무시하기도
한다. 그러거나 말거나 토끼에게 어린놈은 거의 전부다. 그
런 어린놈이 왈강달강 수학여행을 갔다. 토끼는 살래살래
쓸쓸해했다.

그러나 눈치 없는 나는 토끼의 허전함과는 상관없이 여전
히 꼬질꼬질한 자폐의 시간을 보내고 있었다. 대체로 이런
것이다. '우리는 어떤 미래를 선택할 것인가? 더 나은 사회

는 어떤 사회인가? The last, the first.(가장 마지막에 놓여 있는 사람이 최우선이다 : 간디)' 토끼가 봤 을 때는 기가 찰 노릇일 것이다.

그러나 토끼는 지끈지끈 알고 있다. 내가 나를 연소시키며 살고 있다는 것을. 그것은 직업적으로 성공하지 못한 회한과 크게 쓰이지 못한 쓸쓸함 같은 것이라는 것을.

나의 회한과 쓸쓸함 그리고 어린놈 부재의 공허감을 홈쇼핑으로 간단히 해결한 후, 피부는 타고 났고, 얼굴은 20대와 진배없는 그러나 분노조절장애에 시달리는 토끼는 아름답게 자고 있었다. 나는 바들바들 문을 닫았다.(2016)

서면에서, 아모르파티

서면에서,

2007년 11월 이전 10년은 암울했습니다.

위대한 시인 백석이 노래한대로

'어느 바람 세인 쓸쓸한 거리를 헤매이었고,

내 슬픔이며 어리석음이며를 소처럼 연하여 쌔김질하며,

가슴이 꽉 메어올 적이며, 내 눈에 뜨거운 것이 핑 괴일

적이며,

또 내 스스로 화끈 낯이 붉도록 부끄러울 적이며,
나는 내 슬픔과 어리석음에 눌리어 죽을 수밖에 없는 것을
느끼`는 시절이었습니다.
가난은 모질고 질겼습니다. 시간은 2007년 11월을 향해 게
으르게 흘렀습니다. 2007년 11월로부터 이제 시간은 2016년
9월을 향해 달리기 시작했습니다.

40대의 전부를 서면에서 보냈습니다. 70살이 된 저를 생
각해 봅니다. 여전히 식탐은 강할 것이고, 머리는 크고,
다리는 짧을 게 확실합니다. 가난할 지도, 아플 지도 혹은
외로울 지도 모르겠습니다. 과거를 되돌아보는 것으로
대부분의 시간을 보낼 겁니다. 푸근했던 사람, 귀여웠던
사람, 모질게 대했던 사람, 역겨웠던 사람, 그리워했던 사
람, 책임져야 했던 사람, 애먹었던 사람, 안타까웠던 사람,
이용했던 사람, 싸웠던 사람, 다 해주고 싶었던 사람, 계산
했던 사람, 피하고 싶었던 사람, 함께 늙어갈 사람 그리고
그 사람들과의 사건들을 떠올릴 겁니다.

70살인 저는 다시 백석의 시를 떠올릴 겁니다.

'그러나 잠시 뒤에 나는 고개를 들어,

허연 문창을 바라보든가 또 눈을 떠서 높은 천정을 쳐다 보는 것인데,

이때 나는 내 뜻이며 힘으로, 나를 이끌어 가는 것이 힘든 일인 것을 생각하고,

이것들보다 더 크고, 높은 것이 있어서, 나를 마음대로 굴려가는 것을 생각하는 것인데,

이렇게 하여 여러 날이 지나는 동안에,

내 어지러운 마음에는 슬픔이며, 한탄이며, 가라앉을 것은 차츰 앙금이 되어 가라앉고,

외로운 생각만이 드는 때쯤 해서는,'

70살인 저는 젊은 시절, 알지 못하는 힘에 이끌려 분노하고, 갈망하고, 노력했지만 결국 웅덩이를 휘저은 것에 불과하다는 사실에 외로워할 겁니다. 그러나 전체 삶에 대한 자부심 하나만은 양보하지 않을 겁니다. 그 자부심의 중심에 40대가 있다는 사실을 발견할 겁니다. 어떻게 살 것인가, 무엇을 할 것인가를 고민했던 캄캄한 새벽들과 함께 40대의 삶은 깊어져 갔다고 자부할 겁니다. 70살의 현실로 돌아온 저는 되뇔 겁니다. 나의 40대는 화려했다고.

50살에 접어든 뚱땡이는 다시 백석을 생각합니다.
'어느 먼 산 뒷옆에 바우섶에 따로 외로이 서서
어두어 오는데 하이야니 눈을 맞을, 그 마른 잎새에는 쌀
랑쌀랑 소리도 나며 눈을 맞을, 그 드물다는 굳고 정한 갈
매나무라는 나무를 생각하는 것이었다.'

존재한 모든 것은 흔적을 남깁니다. 9년이란 시간은 어쩔
수 없이 사람을 축축하게 만듭니다. 사람에 집중했습니다.
감동이 많았습니다. 옆에서 저의 고문과 어리석음과 게으
름과 껄떡거림과 짓궂음을 견뎌준 동료들에게 미안함과
감사의 말씀을 올립니다. 덕분에 괜찮은 삶이었습니다.
푸근했습니다. 견디고 밀고나가길 당부 드립니다. 앞날을
축복합니다. 아모르파티(amore fati). (2016년)

1. 분노하는 사람들. 가정과 직장, 술집, 모임, 어린이, 젊은이, 노인, 남자와 여자, 분노를 쏟아낸다. 눈에 실핏줄이 서고, 얼굴이 붉어지고, 험한 욕을 하는 입들이 클로즈업된다.

2. 음악과 함께 제목 '분노에너지'가 올라간다.

3. 어린 시절의 이도완. 거짓말과 사기에 능숙하고 돈에 대한 집착이 유달리 강하다. 어린 도완, 코를 찔찔 흘리면서 놀고 있다. 친구들과 딱지치기를 하면서 밑장 빼기 기술을 사용한다. 시간이 조금 흐른 후 도완, 딱지가 수북하다. 초등학생이 된 도완, 물품 값을 부풀려 공금을 착복하고, 불우이웃 돕기 성금도 훔친다.

4. 고등학생이 된 이도완, 월드컵 점수 알아맞히기 내기로 한 몫을 잡는다.

계를 조직한 후 곗돈을 착복한다. 친구들에게 들켰지만 결코 착복한 것이 아니라고 우긴다. 패거리를 조직해 착복을 비난하는 친구들을 오히려 나쁜 놈이라고 소문 낸다.

5. 성인이 된 이도완, 실험실에서 연구원으로 일하고 있다. 실험 장비와 씨름하고 있다.

6. 강당, 연구소장이 연구원들 앞에서 연설을 하고 있다. 에너지 문제의 심각성을 얘기한다.(화면은 더위와 추위 등 에너지 부족으로 인한 괴로운 생활을 보여준다.) 다시 연구소장의 연설, 연구소장은 획기적인 에너지원 개발을 역설한다.

7. 팀 회의. 팀장과 4명의 연구원이 회의를 하고 있다. 4명의 연구원들 의견을 말한다. 모두 기존의 것에서 벗어나지 못한 것들이다. 팀장은 전혀 새로운 시도를 해보고 싶다고 말한다.

8. 팀 회의. 팀장, 슬라이드를 띄워놓고 피부 패치를 통한 에너지 발생 원리를 설명하고 있다. 연구원들은 모두 기대에 찬 얼굴들이다.

9. 팀장은 팀원 각자가 연구해야 할 분야를 정해준다. 팀원들은 맡은 부분을 연구한다.

10. 팀장, 나노기술을 이용한 패치 시제품을 가지고 온다. 패치가 매우 크고, 선도 복잡하다. 큰 패치를 자신의 피부에 붙인다. 게이지가 조금 움직인다. 팀원 모두 환호 한다. 도완, 눈이 번쩍인다.

11. 팀장, 연구소장실에서 소장에게 작동원리를 설명한다. 분노하면 피부 온도가 올라가고 그때 패치를 부착하면 전기에너지로 변환되는 구조다. 또한 패치를 부착하고 있는 동안 분노가 사라지는 기능도 있음을 설명한다.

12. 도완, 저녁에 은밀한 술자리를 가진다. 쑥덕쑥덕한다.

13. 연구소가 발칵 뒤집힌다. 도완이 기술을 훔쳐 먼저 특허를 신청해 버렸기 때문이다. 팀장은 백방으로 하소연하지만 소용이 없자 자살한다.

14. 도완, 기계를 완성한다. 부스에 들어가 패치를 붙이면

분노가 에너지로 전환되고 분노는 사라진다. 유명 경제인과 정치인을 불러 화려하게 사업을 론칭한다.

15. 도완, 정치인들과 금융인들을 만나 부스 전국 설치를 부탁한다. 얼마 후 부스는 전국적으로 설치된다.

16. 저녁. 도완, 정치인을 만나 서류를 건넨다. 정치인 서류를 보고 이맛살을 찌푸린다.

17. 도완과 헤어진 정치인, 차 안에서 보좌관과 얘기를 나누고 있다. 도완의 계획은 국민적 분노를 만드는 것이었다. 정치인과 보좌관은 고민한다.

18. 계획은 실행되고 국민적 분노는 들끓는다. 부스마다 사람들은 줄을 서서 기다리고 있다. 도완은 만족스러운 미소를 짓는다.

19. 같이 일했던 팀원들은 이런 상황들을 보며 절망한다. 에픽하이의 빈차가 흐르며 영화는 끝이 난다. (2015년)

5장.
삶 이후의 삶

필요와 결핍은 상호작용과 상승작용을 한다. 결국 그 속에서 허우적거린다. 겨울 저녁 나는 여전히 철없는 공부를 하고 있었다. '긴축'이라는 책을 읽고 있었다. 긴축 정책이 이익은 사유화하고, 책임은 사회화했다는 점을 밝힌 책이다. 나는 모처럼 시간을 넘은 공간에 빠져 있었다. 그런데 갑자기 문이 열렸다. 토끼는 광화문의 이순신장군 동상같이 서 있었다.

큰 칼을 옆에 차는 대신 큰 배를 앞으로 내밀고. 내게 다가왔다. 내 무릎 위에 앉았다. 자기 무릎같이 자연스럽게 털썩. 그리고 말했다.

"나는 나이가 드니까 더 예뻐지는 것 같아."

".........."

"나는 아무 옷이나 입어도 비싼 옷같이 보이잖아."

".........."

"살찌니까 더 보기도 좋고."

".........."

"지금 생각해보니까 25살 때는 별로였던 것 같아."

".........."

"당신은..... 왜 그래 허접해 보이는지..... 쯧쯧....."

".........."

"뭘 옷을 입어도 당최 태가 안 나니....."

".........."

"그나마 당신은 양복이 제일 잘 어울린다."

".........."

"당신은 싼 옷을 입으면 엄청 허접해 보여. 비싼 옷도 그렇긴 하지만 그나마 조금 덜 추접해 보여."

"……"

"그러니까 당신은 비싼 옷 입어야 된다니까!"

"……"

"내가 옷 사줄 때 아무 소리 말고 그냥 입어!"

"(끄덕끄덕)"

토끼는 큰 방으로 퇴각했다. 물론 큰 칼 대신 배를 앞세우고. 뭔가 거대한 일들이 일어난 듯 했다. 나는 시간 속으로 돌아왔다. 시간 속의 인간은 불행하다. 과거에 얽매이고, 미래를 걱정한다. 현재는 집착과 불안일 뿐이다. 몰입은 늦잠을 잔 아침 출근길처럼 물러갔다.

나는 토끼가 남기고 간 말들을 정리했다. 크게 보면 '예쁘다' 로 시작해서 '아무 소리 말고 입어라' 로 끝났다. 우리 남자들은 여자의 말을 이세돌의 묘수와 같이 풀어서 생각하는 버릇을 길러야 한다. 어느 것 하나 허투루 들어서는 안 된다. 복기하고 되씹어야 한다.

토끼는 자기 자랑, 깔봄, 비난, 분노, 연민, 명령으로 나아갔다. 치밀한 논리 전개라는 생각이 들었다.

자신을 돋보이게 한 후 상대를 공격함으로써 반발의 여지를 없앴다. 그리고는 연민으로 상대의 마음을 누그러뜨렸다. 마지막에 가서 강하게 명령을 내렸다. 조직적인 반항의 싹을 자른 것이다. 감탄스러웠다.

토끼가 자기 자랑, 깔봄, 비난, 분노, 연민, 명령으로 나아가는 동안 내 안에서는 짜증, 반대, 반발, 거부, 반항, 저항의 말들이 떠올랐다. 그러나 밖으로 내뱉지 않았다. 안전을 위협받는 상황에서 우리는 세 가지 반응을 한다고 한다. 싸우기, 도망가기, 얼어붙기. 나는 얼어붙기를 선택한 것이다.

반항하지 못한 자괴감은 이후의 삶 내내 찜찜함으로 작용할 수도 있는 법이다. 합리화가 필요했다. 합리화는 비슷한 곤경에 빠진 타인만한 게 없다. 소위 동지라는 것이다. 동지와 삶을 공유하는 삶이야말로 빛나는 삶이다.

나는 우리 시대의 현인, 차인표를 생각했다. 살면서 차인표와 같이 얼굴 작고, 배에 '왕' 자가 새겨지고, 다리가 긴 사람에게서 동지애를 느끼게 되리라고는 상상도 하지 못했다.

'어둠은 빛을 이길 수 없다. 거짓은 참을 이길 수 없다. 남편은 결코 부인을 이길 수 없다.'(2017년)

하
필
그
때

우리는 사진으로 남으려 한다. 빼도 박도 못하게 되었다. 웬만하면 땡깡 부리고 오리발을 내밀겠지만, 나는 움직일 수 없는 증거를 앞에 두고 자백을 강요당하는 범인의 입장이 되었다.

출근하자마자 밥이건 술이건 맛있게 먹는 데에 일가를 이룬 김1이 나를 불러 세웠다. 사진이 이게 뭐냐고, 뭔 사진을 이 따위로 찍냐고 준엄하게 꾸짖었다. 뭔 말인지 궁금한 내게 부산일보에 난 사진을 보여 주었다.

투쟁 결의대회의 자리는 협소했다. 그래서 제일 좌측에 앉았다. 결국 그게 화근이었다. 김1 말이 옳았다. 사진 속의 나는 웃고 있었다. 구조조정을 분쇄하자는 투쟁결의 대회, 모두 전투적인 표정을 한 그 엄중한 자리에서 혼자 미소를 머금고 있었던 것이다. 사태의 심각성을 인지하지 못한 사람처럼, 남의 일인 것처럼.

살인적인 매력을 가지고 있지 않냐, 이것 보고 수많은 여성 팬들에게서 연락이 오지 않겠냐 등의 말들이 머리에 떠올랐지만, 나는 생각을 삼켰다. 대신 나는 왜 미소를 머금고 있었을까 하는 의문이 생겼다.

먼저 생각나는 원인은 '임을 향한 행진곡'이다. 대학에 입학한 해가 마침 1987년이었다. 우리 민족 역사에서 가장 많은 사람들이 시위에 참가한 6월 항쟁 동안 수없이 불렀던 노래. 근 30년 만에 다시 불러보는 반가움이 미소가 되었나?

두 번째 원인은 어느 작가의 말로부터 시작한다. 삶은 평탄한 가운데 즐거움이 있는 것이 아니고, 고통 가운데 즐거움이 간혹 있기에 고통을 즐거움화해야 버텨낼 수 있다는. 투쟁의 즐거움이 미소가 되었나?

세 번째 원인은 추함과 멋에 대한 거친 생각이다. 인간은 나이가 들어가면서 몸과 함께 정신도 추하게 변한다.

'자신의 영달만을 추구하는 인간이 추하다. 돈 자랑하는 인간은 추하다. 돈의 힘을 믿고 날뛰는 인간은 추하다. 직위 뒤에 숨는 인간은 추하다. 잔소리하는 인간은 추하다. 잔머리 굴리는 인간은 추하다. 책임을 밑으로 내리는 인간은 추하다. 아부하는 인간은 추하다. 두려움에 떠는 인간은 추하다. 자기 편하면 나머지에는 무관심한 인간은 추하다. 염치없는 인간은 추하다. 가족 이기주의에 빠져 있는 인간은 추하다. 자신의 권위를 우선시하는 인간은 추하다. 무식하고 능력 없지만 높은 자리에 있는 인간은 추하다.

공동체를 위해 목소리를 높이는 놈은 멋있다. 책임지는 놈은 멋있다. 어려운 사람 보살피는 놈은 멋있다. 꿋꿋한 놈은 멋있다. 몰입해 있는 놈은 멋있다. 불의에 분노하는 놈은 멋있다. 불이익을 감수하는 놈은 멋있다.'

구조조정 얘기가 나왔을 때 처음 든 생각은 '선배는 후배 밥그릇을 뺏으면 안 된다'였다. 선배는 회사에 있는 동안 더 많은 월급을 받았고, 더 큰 권한을 행사했고, 더 좋은 대접을 받으며 살았다. 그래서 책임질 일이 있을 때 책임을 지는 게 선배의 역할이다. 나는 동료이자 동생들로부터 분에 넘치는 대접을 받으며 생활해 왔다.

권리를 향유하는 놈과 의무를 부담하는 놈이 따로 있다. 염치없는 인간은 추하다. 권리와 의무가 분리되었을 때는 분노해야 한다. 회사는 상식에 어긋난 짓을, 존엄을 무시하는 방식으로 해가고 있다. 나는 선배다.

절박함에 내몰리는 사건은 삶을 다시 돌아보게 한다. 시간은, 생은 사람을 어디에 데려다 놓을지 알 수 없다. 사뿐히 내려앉힐 수도, 자갈밭에 엉덩방아를 찧게 할 수도, 찰과상을 입힐 수도 있다. 그러나 잘 산 삶, 최소한 추하지 않은 삶은 시간에게 되돌려 줄 수 있으리라. 혹 그것이 미소가 되었나?(2016년)

그날로부터 시작되었다

용기와 선(善)이 일치할 때가 있다. 그날로부터 시작되었다. 꿈과 함께 출근하고 퇴근했다. 그런데 2012년 12월 19일 박근혜가 당선되었다. 2012년 12월 20일 술을 마셨다. 집에 오니 눈물이 쏟아졌다. 서러움과 분노가 범벅이 되었다.

3개월여가 흘렀다. 유회장님과 서면 커피숍에 앉았다.

회장님은 비록 대선에서는 실패했지만 이 사회에 도움이 되는 무언가를 하고 싶다고 했다. 자살 문제였다. 그리고 본인의 임사 체험을 구체적으로 말해 주었다.

다시 3개월여가 지났다. 커피숍에서 시나리오 초안을 건넸다. '행과 불행, 고통과 즐거움, 삶과 죽음은 분리된 것이 아니다', '자살하지 마라'가 아니라 '자살하면 더 깊은 수렁으로 빠진다'를 이야기로 만들었다.

3개월여 동안 시간을 넘은 공간에 있었다. 힘들었지만 행복했다. 한 달 정도 편히 쉬고 싶었다. 그러나 이야기들이 꿈틀거리기 시작했다. 복잡한 이야기, 분노에너지, 주민등급증, 진술서, 가난을 견디는 법, 대한민국은 위대하다, 시를 쓰세요 등등.

이전으로 돌아갈 수 없었다. 서글펐다. 직업적인 성공은 물 건너갔다는 사실을 그때 이미 알았다. 생계를 위해 출근하고 퇴근했다. 시나리오가 빛을 볼 확률은 높지 않았다. 글로 먹고 살 자신은 없었다. 그렇게 4년이 더 흘렀다.

2017년 봄 회사를 그만두었다. 23년이었다. 무엇이든 해야 한다는 절박감 때문이었다. 가난 걱정이 없을 리 없기에 홀가분한 것만은 아니다. 아리한 행복이랄까? 깊은 밤 선선한 바람은 좋다.(2017년)

"아버님과 같이 치러 왔습니까?"

창헌은 기분이 좋아졌다. 담배 가게 알바의 부주의한 한마디 말로 인해 삼겹살데이가 시작되었다. 3년 전이었다. 화려한 그 시간으로부터 세월은 제법 흘렀다. 나는 직장인을 접었고 역도와 창헌은 여전히 직장인이다.

창헌은 집에서 가까운 배드민턴클럽에 가입했다.

생긴 지 얼마 안 된 클럽이었다. 물론 자기 일 빼고 뭐든 열심히, 잘 하는 역도가 조건과 여건 등을 치밀하게 조사한 끝에 가입한 클럽이었다. 이타주의자인 역도는 당연히 창헌에 대한 의무감을 가졌을 것이다. 게다가 자신이 심혈을 기울여 고른 클럽이 아니었던가!

창헌은 그렇게 클럽에 가입하고 월수금 레슨을 충실히 받았다고 한다. 몇 주가 지난 후 역도는 창헌이 잘 적응하고 있는지 궁금해졌다. 그래서 함께 체육관에 들어선 것이다.

"아버님과 같이 치러 왔습니까?"
체육관에서 첫 번째로 마주친 여자 회원이 창헌에게 말했다. 창헌은 당황했다. 그러나 이내 기쁨범벅이 되었다. 옆에 있던 역도는 얼굴이 붉어졌다. 부당함에 맞서기보다 쑥스럽게 물러나는 순둥이 역도는 다만 어쩔 줄 몰라 했을 뿐이다. 창헌이 말했다.
"같은 회사 행님입니다."
"제가 큰 실례를 한 것 같습니다. 죄송합니다."
여자 회원이 역도에게 사과를 하는 것으로 체육관에서의

일은 일단락되었다. 그러나 문제는 삼겹살데이의 김1, 창헌이 아닌가? 동네 방네 소문을 내기 시작했다. 급기야 내 귀에까지 그 소식이 들어왔다. 세 명이 앉은 술자리에서 나는 역도를 자극했다.

"그 아줌마가 제대로 봤구먼."

역도는 날뛰기 시작했다.

"아니 행님 그기 어디 할 소립니까? 내가 점마보다 어리게 보이면 보였지 어떻게 아버지로 볼 수 있습니까? 내 참, 기가 차서....."

나는 차분하게 팩트를 말했다.

"니가 염색을 안 하고 댕긴다이가. 그리고 배까지 그 지경이니까 그 아줌마가 할배로 보는 거는 당연한 거 아이가?"

역도는 구차한 변명을 늘어놓기 시작했다.

"아니 행님, 내 피부 함 보이소. 이기 우째 40대 후반 피부입니까? 20대 피부지. 그리고 행님이야말로 수염 때문에 더 늙어 보인다는 거 압니까? 완전 영감이다 영감!"

그 뒤부터 이야기는 수염으로 흘러가 버렸다. 나는 수염이 없으면 허전하다, 춥다, 멋있다고들 난리다, 고뇌하는 사상가의 포스가 나지 않냐 등 온갖 자랑질을 했지만 그들에게는 통하지 않았다. 결국 내 수염은, 창헌이 논쟁의 심판관 역할을 함으로써 지저분한 것으로 결론이 나고 말았다. 내비게이션이 엉뚱 한 곳에 사람을 데려다 놓고 안내를 종료하는 것과 같은 만행이라 할 수 있다. 술집 밖에서는 그러거나 말거나 밤은 고요함 속으로 들어가고 있었다.

집으로 가는 길은 멀다. 갈 길이 먼 사람은 세심해야 한다. 주위 사물들에 대한 인식도 또렷해야 한다. 시간도 마찬가지다. 시외버스 창에 손을 걸치고 순둥이 동생들과의 화려했던 시절을 회상한다. 유쾌함은 이내 서글픔으로 미끄러져 들어간다. 그 순둥이 동생들을 챙기지 못한 무능은 자괴감으로 변한다. 진실은 소설의 가면을 쓴다. 욕심은 양심의 가면을 쓴다. 필연은 우연의 가면을 쓴다. 삶은 숨지 않고 펼치는 것이다.(2018년)

미국 대통령을 지낸 카터를 두고 처음부터 전 대통령이
었으면 좋았을 것이라는 말이 있다. 현직에 있을 때보다
대통령 퇴임 후 더 굵직한 일들을 많이 한 것을 두고 이렇
게 말한 것이다.

투 스트라이크 원 볼이었다. 이만수의 얼굴이 클로즈업
되었다. 눈은 이글거리고, 얼굴빛은 붉게 상기되어 있었다.

치고 싶은 욕망은 홈플레이트로 쏟아져 나올 듯 했다. 이만수는 타격 자세를 잡으며 양 입술을 깨물었다.

SK 감독을 그만둔 후 언론에서 사라진 이만수가 다시 등장했다. 이만수는 내게 삼진당한 장면으로 각인되어 있다. 문제는 투수가 선동열이었다는 사실이다. 선동열은 공을 최대한 앞으로 끌고나와 던졌기 때문에 타자들은 바로 앞에서 던지는 것 같았다고 한다.

삼진이었다. 바깥으로 흘러나가는 슬라이드에 엉덩이가 빠지며 허무하게 헛스윙을 하고 말았다. 이후 내게 이만수는 그저 힘센 선수 정도로 각인되어 있었다. 은퇴 후 이만수는 미국 가서 코치 생활을 했고, 귀국해서 SK감독을 했다. 그리 관심을 끌 내용은 없었다.

인터뷰 형식의 신문기사였다. 감독을 그만둔 후 그는 국내와 국외에서 야구 재능 기부를 하고 있었다. 기자의 질문이 무엇이었는지는 기억나지 않는다. 그의 답변이 인상적이었기 때문이다.

"최정상에 올라가 보고 상도 타보고, 기록도 많이 세우고 해 봤는데 그 기쁨은 일주일을 가지 않았다. 그러나 재능 기부로 인한 기쁨은 1년을 넘어갔고, 기쁨의 강도도 컸다. 46년 야구 인생 중 가장 행복하다."

그는 그저 힘만 센 선수가 아니었다. 뭔가를 발견한 사람이었다.

인간은 상황의 지배를 받는다. 서로 돕고, 지원하고, 지켜주는 곳에서 사람들은 이타적이다. 자기 안의 이기적인 욕망은 억제되고, 통제된다. 사람들과의 우호적인 관계로부터, 더 나아가 공동체 자체로부터 큰 행복감을 느낀다. 공동체를 자기화하고, 공동체를 위한 일들을 자발적으로 한다. 시간이 많은 사람은 시간을 기부하고, 실력이 뛰어난 사람은 실력을 기부하고, 돈이 많은 사람은 돈을 기부한다. 또 손재주를 기부하고, 노력과 노동을 기부하고, 머리수 채우는 기부를 하고, 아이디어를 기부한다.

그러나 자기 것을 최우선적으로 챙기는 곳에서 사람들은 이기적이다. 제각각 생존을 위해 이기적이지 않으면 안 되기 때문이다.

사람들과의 우호적인 관계는 의미가 없는 것이 된다. 공동체와의 연대도 끊어진다. 공동의 이익을 위한 일에 투덜거리고, 어떻게든 빠지고, 보이기 위한 시늉을 한다.

인간은 단순하지 않다. 인간은 이타적인 동시에 이기적이다. 그를 둘러싼 환경에 의해 인간은 이타적일 수도, 이기적일 수도 있다. 서로 돕고, 서로 지원하고, 서로 지켜주는 문화를 만드는 것은 같이 잘 사는 방법이다.

이만수가 발견한 것은 오래 가는 만족이다. 그는 삶의 허무를 깊이 느꼈을 것이다. 어떤 성취와 만족, 행복도 오래가지 못하고 허무와 우울로 미끄러지는 것을 경험했을 것이고 그것에 대해 고민했을 것이다. 그는 이타적인 행위가 주는 희열을 맛보았을 것이다. 이전의 삶으로 돌아가기는 어려울 것이다. 이타적인 행위는 일차적으로는 타인을 향하는 것이지만 궁극적으로는 자신에게로 되돌아오는 깊은 희열이다. 이만수는 힘과 더불어 궁극에 가까운 뭔가를 발견한 사람이다. (2016년)

그는 내질렀다.

"나 언젠가 심장이 터질 때까지 흐느껴 울고 웃다가 긴 여행을 끝내리 미련 없이~"

2017년 박근혜는 탄핵되었다. 세상은 시끌벅적했다. 그는 포항에 있었다. 다음날엔 부산일정이 있었다. 김해에서 포항으로 차를 몰았다. 언양 휴게소에서 전화를 했다. 통화는 되지 않았다.

경주를 지나면서 다시 전화를 했다. 어느새 포항이었다. 전화를 했다. 여전히 받지 않았다. 불안은 현실화되었다. 어느 관공서에 차를 댔다. 전화를 했다. 받지 않았다. 불안은 확증으로 내달리고 있었다. 헛걸음은 거의 확실해졌다.

불안이 확증으로 나아간 그 순간 배가 고팠다. 주위를 한 바퀴 돌았다. 짬뽕집이 보였다. 쫄깃하고, 맵짠 짬뽕. 수저통에서 젓가락과 숟가락을 꺼내고 있었다. 전화가 왔다. 그였다. 그는 사람들 속에 있었다.

부산으로 데려가고 싶은 마음은 혼자 급했다. 그러거나 말거나 그는 순하고 바라보고, 선하게 웃고, 안 웃어주기에는 뭔가 이상한 그래서 전체적으로는 묘한 장난말들을 하고 있었다.

박수와 함께 그는 그 술집의 작은 무대에 올랐다. 통기타 그리고 '사랑했지만.' 작은 얼굴, 잘 빠진 몸매, 명곡, 열창. 그는 세상을 다 가졌다. 11시를 넘어가고 있었다. 그는 흔들거리며 차에 올랐다. 휴대폰에서 노래를 틀었다. 의자를 뒤로 젖혔다. 그리고 조용히 따라 불렀다.

"좁고 좁은 그 문으로 들어가는 길은 나를 깎고 잘라서 스스로 작아지는 것뿐~ 문득 거울을 보니 자존심 하나 남았네~"

그는 머리끝까지 올라갔다.
"나 언젠가 심장이 터질 때까지 흐느껴 울고 웃다가 긴 여행을 끝내리 미련없이~"

그의 시간이 느껴졌다. 다소 깊었던 것 같다. 고속도로는 텅 비어 있었다. 차이가 차이를 만나 차이가 만들어지고 있었다. 그는 잠들었다. 민물장어의 꿈을 다시 들었다. 성공 없는 위대함, 외롭지 않은 고독.

서면 yes24 중고서점, 그곳에 그런 그가 '노종면의 종면 돌파'로 있었다. 수름수름 웃는 모습으로. 2017년 7월 세상은 잠잠하고, 꿈들은 조용히 흐르고 있었다. 나는 나이 들어 젊어졌다. (2017)

다른 층위의 삶을 향해 가고 있다. 시외버스는 멈추었다.
불행이 예감된 삶에 음악은 절실하다.

돌고 돌아 자존심 하나 남았네~(신해철 민물장어의 꿈)
다음 달에 여행가자고~(3호선버터플라이 스물아홉 문득)
시간에게 속아~(BMK 꽃피는 봄이 오면)

세상에 꺾일 때면 술 한 잔 기울이며~(안재욱 친구)

어두운 거리를 나 홀로 걷다가~(산울림 독백)

This beautiful lady~(Eric Clapton Wonderful tonigh)

세상 생각이 나고, 친구들 생각이 나고, 불안에 대한 생각이 나고, 두려움에 대한 생각이 나고, 나에 대한 생각도 난다. 그러거나 말거나 깜짝깜짝 숨 막히는 그러나 이제는 진한 동지애가 느껴지는, 새근새근 자고 있을 토끼 생각이 가장 크다. 나는 토끼에게로 비틀비틀 간다.(2017년)

이
별
해
야

할

시
간

우주의 나이는 137억년이고, 은하는 1천 700억 개 이상 존
재하고, 우리 은하 안에는 3,000억 개의 별이 있다. 지구의
나이는 45억 년이고, 구 인류는 300만 년 전에 출현했고,
현생 인류는 20만 년 전에 출현했다. 그리고 지구라는 푸
르고 아름다운 별에서 살다 간 사람은 대략 1,000억 명
이다. 생겨난 모든 것은 사라진다. 꿈과 같이, 환상 같이,
물거품 같이, 그림자 같이, 이슬 같이, 번개 같이. 그럼에도

필멸 앞에서 담담해지지 않는다.

나는 며칠 전 질문에 대한 답을 듣고 싶었다. 다부지게
맘을 먹고 장모님께 물었다.

"집사람 피부 참 좋지예?"

장모님은 대답하지 않았다. 나는 더 또렷하게 말했다.

"아니 누가 40대로 보겠습니까?"

여전히 장모님은 대답하지 않았다. 딴 곳을 보고 있었다.

나는 집요해져 갔다.

"전형적인 달걀형이지예?"

집게손가락으로 토끼의 얼굴선을 따라 그리며 내가 말했
다. 장모님은 구석에 있던 비닐봉투를 꺼내 그 안의 물건
들을 다른 비닐봉투에 넣은 뒤 묶고 있었다. 장인어른은
주무시는 것 같았다. 눈을 감은 채 조용히 누워 계셨다.

물러서기에는 뱉은 말이 너무 많았다.

"예쁘지 않습니까?"

다시 내가 말했다.

"임서방 밀감 먹을래?"

장모님이 말했다.
"배가 불러서....."
내가 답했다. 끝내 장모님으로부터 듣고 싶던 말을 듣지
못했다. 뻘쭘해진 나는 TV연속극 쪽으로 눈을 돌렸다.
옆에 있던 토끼를 봤다.

토끼는 입장이 곤란했을 것이다. 나서지도, 그렇다고 나서
지 않기도 어려운 어중간한 입장이 되었다. 나는 토끼가
그런 상황에 빠진 게 싫지 않았다. 정확하게는 좋았다. 술
취해 안마했던 일, 책 본다고 구박받았던 일, 아플 때 자고
나면 낫는다고 방치했던 일, 신용카드 하루 늦게 줬다고 3
만원 뜯겼던 일, 잔다고 구박받았던 일 등 그 동안의 설움
이 전전두엽을 훑고 지나갔다. 나는 그 상황을 더 길게 끌
어가고 싶었다.

언제 깨셨는지 장인어른이 작은 목소리로 말씀하셨다.
"자네 장모 젊었을 때 문희보다 예뻤다."
즉각 문희를 검색했다. 오래 된 사진 속의 문희는 예뻤다.
장인어른 시대의 문희는 우리 시대의 김혜수 내지 김태희
정도가 아닐까 하는 생각이 들었다. 나는 더 이상 말을 하
지 못했다.

며칠 뒤 또 같은 자리에 앉았다. 긴 보조의자에 나, 토끼 그리고 장모님이 나란히 앉았다. 나는 예쁜 것에 대한 말을 하지 않았다. 이런저런 일상적인 대화를 하고 있었다. 큰처남 내외가 왔다. 빈 침대에 걸터앉은 큰처남에게 그동안 있었던 얘기를 했다. 큰 처남은 자기 엄마가 젊었을 때 인근 5개 부락에서 최고의 미녀였다고 말했다. 그 부락 이름을 물었다. 갈전부락이라고 했다.

나는 '갈전 5개 부락 최고 미녀 장모님'으로 정리를 했다. 장모님을 보며 장모님은 전설의 미녀였겠네요 했다. 장모님은 가벼운 미소로 대답을 대신했다. 옆의 큰처남은 자랑스러운 표정을 짓고 있었다. 장인어른은 깊은 잠에 빠져 있었다.

전설의 미녀라...... 모두 이해가 되었다. 장모님은 어렸을 때부터 외모에 관한 한 독보적이었다. 그것에 대한 자부심은 깊이 내재화되어 있었다. 자신보다 훨씬 덜 예쁜 딸에 대한 안타까움, 측은한 마음, 우월감 등은 마음 어느 곳에 굳건히 자리를 잡고 있었을 것이다. 나의 질문에 대해 딴 곳을 보고, 딴 일을 하는 것으로 생각을 전달하고 있었던 것이다.

전후 맥락이 파악된 후 토끼가 불쌍하게 여겨졌다. 내게
했던 땡깡과 구박, 갈취, 협박 등의 일들이 측은한 마음
속으로 들어가 허물어지는 느낌이었다. 저녁에 토끼에게
로 갔다. 그리고 약속했다. 전설의 미녀보다 더 강한 단어
를 찾아내겠노라고. 그리고 생각해 낸 단어가 고작 '절
세'다. 당대에 비길 데가 없다라는 뜻이다. 절세의 미녀
토끼. 측은한 마음은 사건을 예상하지 못하는 곳으로 이끌
고 간다는 생각이 들었다.

자네 장모 젊었을 때 문희보다 예뻤다고 하셨던 장인어른
과 이별해야 할 시간이 임박했다. 나는 통상적인 병문안인
듯 장인어른 침상 옆에서 예쁜 것을 가지고 대화를 끌고
나가려 애썼다. 지난 주 병문안 때 장인어른께서 내게 무
슨 말씀을 하셨다. 가까이 가서 귀를 입에 댔지만 알아들을
수 없었다. 나는 말했다.
"집사람 잘 데리고 살겠습니다."

죽음은 삶을 생각하게 만든다. 회한으로 점쳐진 장인어
른의 삶을 생각해 본다. 높은 학력, 전설의 미녀와 결혼,
사업 실패, 가난, 트럭 운전, 암 발병, 수술과 투병. 필멸과
알 수 없는 삶. 희망은 난폭하다. (2017년)

p.s : 2017년 3월 24일 새벽 1시 장인어른께서 돌아가셨다. 불운과 가난이 덮친 힘겨운 삶을 마감하셨다. 마지막 10년은 투병생활이었다. 영정사진은 서럽다. 그 앞에서 눈물이 왈칵왈칵한다. 집착을 끊고, 두려움도 물리치고 편히 가소서.

나는 아트만과 산다. 시간은 25살의 가냘픈 여자와 32살의 뚱땡이를 어디론가로 데려가고 있다. 한기가 슥 들어오는 계절, 드디어 겨울이다. 나는 슬렁슬렁 산에 올랐다. 산은 비었다. 왼쪽 무릎은 여전히 시원찮다. 힘 있게 몸을 올리지 못한다. 미세한 후들거림이 느껴진다. 어쩔 수 없는 일이다.

계절을 온전히 느끼며 겨울까지 왔다.

시간을 밀고 온 셈이다. 여름에 글을 쓰기 시작해서 가을 초입에 마무리했다. 글은 책이 되었다. 여름 낮의 열기와 여름 새벽의 서늘함이 담긴 책이다. 세상에 괜찮은 물건 하나를 내놓았다. 마음에도 없는 자기 낮추기를 나는 그만두었다.

'고독과 싸우지 않았다. 고독했을 뿐이다.' 책의 원래 첫 구절이었다. 평생을 사람들 속에서 살았다. 그러나 고립을 선택할 수밖에 없는 상황으로 몰렸다. 수치심에다 구차함까지 보탤 수는 없는 노릇이었다. 글쓰기로 혼자 세상과 맞서기로 했다. 뜨거운 여름이었다.

바닥으로 내려온 사람을 챙길 이유는 없다. 인간사의 그 원리를 나는 잘 알고 있다. 그것에 대해서는 '몰라, 모르겠다, 괜찮다' 하면 그 뿐이다. 깊이와 품위는 자기를 무화(無化)시키고, 자기를 무심하게 바라보는 것 속에 있다.

바닥으로 내려온 사람 옆에 토끼가 있었다. 최근 2년간 병원에 간 적이 없고, 건강 검진표 상의 모든 지표가, 어떤 놈은 도덕적으로 완벽하다지만, 완벽하다.

나이 43세에 완전체로 다시 태어난 것이다. 몸과 함께 마음도 다시 태어났다. 느끼는대로 행동하고, 생각나는대로 말한다. 습생도 바뀌었다. 온천탕에 들어가 '으~' 하고, 대구탕 먹으면서 시원하다고 한다. 예전에는 입에도 대지 않았던 음식들이 맛있다고 한다. 가슴을 치며 '아이고 내 팔자야' 하는 것도 제법이다.

나는 젊었을 때의 토끼와 지금의 토끼가 같은 사람이라고 도저히 인정해 줄 수가 없다. 대부분의 시간을 방바닥에서 보내고, 밥을 깨작거리고, 줄곧 아프고, 해 준 음식 입에도 대지 않았던 그 부드럽고 연약하고 여리고 가냘팠던 사람이.....

토끼는 내가 책보는 것을 여전히 싫어한다. 정작 공부를 해야 할 아들놈은 최선을 다해 오락을 하는데 돈을 벌어야 할 가장이 공부나 하고 있으니 답답하기도 할 노릇이다. 특히 식사 준비할 때나 설거지 할 때, 옷을 갤 때 공부하고 있으면 분노가 폭발한다. 발견 즉시 토라지고 레이저를 쏜다. 이어 협박이 들어온다. 용돈을 줄이겠다, 자기도 tv만 보겠다, 밥 알아서 먹어라 등등. 꼬장과 땡깡은 한여름 뙤약볕처럼 내리쬔다.

묵묵함은 나의 편이다.

분노가 지나간 후 토끼가 물었다. "왜 공부하는데?"
나는 답했다. "훌륭한 사람이 될라고."
토끼가 물었다. "훌륭한 사람이 돼서 뭐 할 건데?"
나는 답했다. "토끼를 더 잘 보살필라고."

토끼의 입꼬리가 올라갔다.
정답은 진실이 아니다. 정답은 출제자의 의도다.

훌륭한 사람. 나는 훌륭한 사람과는 거리가 먼 사람이었다.
그저 불안해하고 두려움에 휩싸인 찌질한 인간, 모나고 외
골수에다 먹물 그리고 자존심. 온전치 못한 인간이었다.

토끼는 내 안의 많은 것들을 끄집어냈다. 세상에 내놓은
괜찮은 물건, '발견의 시대'는 토끼 덕분이다. 내 생각들을
검증해 주었고 초고에 대한 가혹한 비판을 해주었다. 작가
혹은 사상가로 살아갈 가능성을 토끼는 내게 주었다. 그래
서 나는 고립 속에서 고독과 싸우지 않았다. 고독했을 뿐

이다.

텅 빈 산을 올라가며 생각한다. 백수인 나는 애잔하고 처량하다. 작가인 나는 괜찮은 것 같다. 그리고 사상가인 나는 뿌듯하다. 그리고 이 모든 생각들이 무화되는 곳, 아트만을 생각한다. 유교에서는 사단(인의예지), 기독교와 이슬람에서는 성령, 대승불교에서는 참나, 철학에서는 도, 본성 혹은 이성. 같은 것을 문화권마다 다르게 부르는 그것. 한문으로는 진아!

나는 진아 덕분에 온전한 인간이 되었다. 존재의 기쁨, 그 깊은 희열을 나는 진아와 나누고 있다. 진아에게는 아직 시간이 덮치지 않았다. 차가운 공기가 폐를 시원하게 하는 산에서 나는 진아를 아까워한다. 그리고 책 읽는 새벽, 낯선 곳, 낯선 사람들 속에서, 술 취한 시외버스 안에서, 빨리 끝나기만을 고대하는 술자리에서 나는 진아가 껑충껑충 맞아줄 토끼굴이 그립다. 25살의 가냘픈 여자와 32살의 뚱땡이가 18년 후에 가닿은 곳, 나는 진아를 아낀다. (2017년)

위대한 글

삶의 비극은 기쁨과 희열, 즐거움이 지속되지 못한다는 사실에서 출발한다. 생각과 감정은 희망에 가슴이 부풀어 오르고 충만과 환희와 황홀에 빠져 있다가도 어느새 실망과 비탄, 허무, 우울로 미끄러져 들어간다.

세상에 썩지 않는 것은 없다. 형체가 있는 모든 것은 썩는다. 생물과 무생물, 물질은 시간을 이기지 못한다. 형체가 없는 것들도 썩기는 마찬가지다. 권력은 가장 쉽게 부패한다. 사랑도 썩는다. 사상도 썩는다. 종교 역시 예외가 아니다.

기쁨과 슬픔, 유쾌와 불쾌, 충만과 허무, 환희와 비탄, 행복과 불행은 단단히 붙어있다. 인간은 이 숙명으로부터 한 발짝도 벗어날 수 없다. 기쁨, 유쾌, 즐거움, 충만, 환희, 행복이 우위를 차지한 것은 인간의 역사에서 예외적인 사건이다.

인간의 역사는 고통의 역사였다. 일상의 삶은 괴로움과 불행이 대부분이었다. 고된 노동과 오만가지 병과 추위와 배고픔을 인간은 어찌할 수 없었다. 고통이 컸기에 삶은 대단한 것이 아니었다. 현재의 삶보다는 삶 이후의 삶 혹은 다시 태어나지 않는 것이 더 중요하게 된 것은 어쩌면 당연한 귀결이었다. 삶은 가벼이 취급되었고 죽음은 고귀한 것으로 치장되었다.

2차 세계대전 이후 상황은 역전되었다. 배고픔은 물러간 것을 넘어 배부른 것이 병을 일으키는 주원인이 되었다. 노동은 기계가 대체했다.

견디기 힘든 더위와 추위도 겪지 않게 되었다. 그리고 병으로 인한 고통도 줄어들었다. 옛 사람들의 전제가 오류일 가능성이 높아졌다. 삶은 고통이 아니라 즐거움으로 기울었다. 삶은 소중한 것이고 삶 이후의 삶은 큰 의미가 없는 시대가 되었다.

그러나 숙제는 여전히 남아있다. 고통은 줄었지만 즐거움 속에 오래 머물지 못하는 한계. 사람들은 기쁨과 희열, 충만을 염원하며 온갖 일들을 꾸민다. 술 마시고 노래하고 춤을 춘다. 사랑을 하고 꿈을 꾸고 성공을 향해 달려간다. 모임을 만들고 행사를 준비한다. 무의미의 축제를 최선을 다해 벌이고 있다.

진실은 아트만에 있다. 아트만이 전제되지 않으면 허위 이거나 연기에 불과하다. 아트만은 인도에서 그 존재가 명확해졌다. 아트만은 인간이 본래 가지고 있는 것으로 문명마다, 지역마다 달리 불렸다. 해탈, 참나, 진아, 견성, 성령, 신성, 사단, 도, 정령 등등.

아트만을 이해하지 못하면 인간을 이해하지 못한다. 인간을 이해하지 못하면 인간이 만든 사회와 역사를 이해하지 못한다. 아트만은 감춰진 진실이다. 아트만은 다양한 방식으로 만날 수 있다. 사람들은 그 일부를 체험할 뿐이다.

아트만과의 접속은 기쁨, 환희, 충만 그리고 황홀한 느낌을 경험하게 해준다. 그 속에는 시기와 질투, 미움, 분노, 공허, 허무 같은 것들이 없다. 내가 사라진 상태, 세상을 다 가진 상태, 지극한 만족의 상태다. 임사체험자들도 이런 상태를 경험한다고 한다. 아트만으로 통하는 길은 여러가지다.

참선을 통한 선정, 마약, 보시, 이타적 행위, 기부, 공동체를 위한 희생, 동지와의 만남, 섹스, 성취, 권력, 집단적 광기, 고행, 예술, 지적 희열, 운동 등을 통해 아트만과 접속된다. 모두 중독성이 강하다. 지극한 행복을 경험하기 때문이다.

고대부터 인간의 본성에 대해 수많은 논란이 있었다. 논쟁의 핵심은 이타적 행위였다. 대부분 단편적인 이해 정도다. 이타적 행위와 아트만과의 접속 그리고 지극한 행복. 이 구조를 파악해야 이타적 행위의 비밀이 온전히 풀린다.

이제 무의미의 축제를 극복할 준비를 마쳤다. 무의미의 축제는 사람을 지치게 만들고 에너지를 고갈시킨다. 연기할 수밖에 없는 삶은 애처롭고, 굴욕적이며, 처량하다. 무의미의 축제에 자신을 밀어 넣는 것은 폭력에 가깝다.

아트만에 접속하는 것은 의미의 축제다. 나와 시간과 공간이 사라지고, 그 순간이 전부인 깊은 환희, 꽉 찬 에너지, 창조적 사유, 예술적 영감 등등. 비밀과 신비는 아트만에 있다. 삶을 그것으로 채울 수 있느냐가 관건이다.

혼자일 때는 호흡에 집중한 위무위를 통하거나 예술적 행위와 지적 희열의 추구를 통해 아트만과 만날 수 있다. 보시와 봉사, 공동체를 위한 희생과 같은 이타적 행위는 아트만과 만나는 방식 중 비교적 오래가는 만족이다.

좋은 사람들에 둘러싸여 사는 것은 가장 오래가는 만족이다. 그것은 에고가 에고를 만나는 방식이 아니라 아트만과 아트만이 만나는 방식이기 때문이다. 어쩌면 주위를 좋은 사람들로 채우는 것, 내가 더 좋은 사람이 되는 것, 더 좋은 사람이 되어가는 나를 인식하는 것이야말로 삶의 의미일 지도 모른다.

성취를 위해 노력하는 과정은, 인간에 대한 이해가 깊다면, 함께 땀 흘리며 진한 동료애가 배어나는 기쁨의 시간이다. 아트만으로 형성된 동료그룹은, 성공하든 실패하든, 시간이 갈수록 막강한 힘을 발휘한다. 권력도 오래가는 만족이다. 특히 공익을 추구하는 권력일수록 내적 환희는 크다. 사익을 추구하는 권력은 아트만과 상관이 없다. 에고 수준의 만족에 그친다.

아트만에 접속하는 관계맺음 그리고 아트만에 머무는 시간을 늘리는 삶.

나는 위대한 이 글을, 인간과 인간 사회의 본질적 진실, 인간이 만든 역사와 문명과 문화의 비밀을 온전히 밝혀낸 이 글을, 인류의 모든 지성이 통합되고 일상의 비루함과 권태도 말끔히 해결한 이 글을, 무의미의 공허한 축제를 그만두고 좋은 사람들에 둘러싸인 맑고 밝은 본질적 삶을 권하는, 그리하여 인류 문명사에 한 획을 긋는 이 위대한 글을, 깡충깡충 빛나는 5월에 태어난 아름다운 토끼에게 바친다.

P.S : 포장을 한다고 했지만 조마조마했다. 역시나 토끼는 정곡을 찌르며 들어왔다. 자기 하고 싶은 얘기를 쓴 것이지 이게 무슨 생일 축하글이냐며 불평과 비난을 쏟아냈다. 다시 쓰든지 아니면 10만원을 주든지 선택하라고 으름장을 놓았다. 억울함을 호소했지만 그것은 피부에조차 가닿지 못했다.

아들놈을 이용할 수밖에 없었다. 빈둥거리는 놈을 불러 생일노래를 부르게 했다. 도망가려던 놈의 손목을 잡아 끌어 지 엄마 옆에 머무르게도 했다. 의리 없는 놈은 성의 없이 부르고 후딱 자기 방으로 가버렸다. 나는 토끼 옆에 누워 안색을 살폈다. 그리고 생일노래를 불렀다. 토끼의 얼굴색이 밝아졌다.

맘이 풀렸을 때 재빨리 자리를 비우는 게 최선이지만, 인위적인 낌새를 풍기면 즉시 토라지므로 극도의 주의가 필요했다. 시간은 더럽게 가지 않고 있었다. 12시가 되려면 아직 1시간 30분이나 더 남았다. 라면 먹고 싶지 않냐며 물었다. 토끼는 싫다고 했다. 나는 출출한 듯 배를 쓰다 듬으며 큰 방을 나왔다.

라면을 먹고 나니 배는 터질 것 같았다. 물론 맛도 없었다. 그리고는 큰방 근처에는 얼씬도 하지 않았다.

12시가 되기만을 기다렸다. 지금은 더부룩하지만 홀가분하다. 드디어 생일은 끝났고 토끼는 우아하게 자빠져 자고 있다. 길고도 숨 막히는 하루, 그러나 올해도 무사는 할 것 같다.(2018년)

1. 자살하는 사람들. 묶음. 맑은 아침. 20년 쯤 된 아파트.
교복차림의 여고생이 아파트 화단에 떨어져 있다. 묶음.
저녁. 으슥한 공원. 인적이 드문 곳에 소주병 2개가 놓여
있고 40대 중반의 남자가 나무에 목을 매었다. 묶음.
서민아파트. 40초반 엄마와 아이 둘이 큰 방에 나란히
누워있다. 아이들은 목이 졸린 흔적이 있고 엄마 곁에는
약 봉지가 있다. 묶음. 자막 : 하루 43명 (자막 없어지고)
인구 10만 명당 명 자살률 세계 1등(자막 없어지고) 세계
에서 가장 불행한 나라.

2. (소리가 발산하듯이) 119 구급차 소리와 오열하는 소
리가 겹쳐서 요란하게 들린다.

자막 : 제목 '삶 이후의 삶'이 유장한 첼로 음악과 함께
올라간다.

밝고 온화하고 사랑이 가득한 빛이 잠깐 비추고는 캄캄한
터널 속으로 들어간다.

3. 20대 중반의 태성, 양아치 친구 셋과 도심 거리를 팔자
걸음으로 담배를 물고 가고 있다. 카메라, 뒤에서 네 명을
따라간다. 크라잉넛의 말달리자가 크게 울러 퍼진다. 드럼
소리 웅장하게 들리고 '모든 것을 막혀 있어. 우리에겐
길이 없어. 닥쳐, 닥쳐, 닥쳐. 말 달리자, 말달리자' 자기
들끼리 희희낙락하며 "캭"하고 가래침을 뱉고 담배꽁초
를 손가락으로 튕겨 날린다. 하나같이 모두 알록달록한
꽃무늬 남방을 입고, 하나같이 팔자걸음을 걷는다. 영락
없는 양아치다.

태성 야구장 바깥에 있는 고등학생으로 보이는 두 명을
부른다. 오른손에는 빈 소주병을 들고 있다. 소주병을 던질
자세를 취하며 고등학생들을 위협하고 있다. 태성 소주가
매달린 줄을 올린다. 양아치들 야구장에서 시끄럽게 술을
마신다.

4. 50대 후반의 대학 물리학과 교수 용철, 방송국에서 인터뷰 중이다. 인터뷰 중 엉덩이에 자꾸 손이 간다. 손에 피가 묻어 나온다. 이어 피가 분출하듯이 난다. 용철, 의식을 잃은 채 119에 실려 간다.

5. 용철, 맑고 밝은 빛 속에 머문다. 말로 표현할 수 없는 행복감을 느낀다. 누가 흔들어 깨운다. 깨기 싫은 표정으로 의식이 돌아온다. 병원이다.

6. 태성, 조직의 돈을 삥땅 쳤다가 조직원으로부터 폭행을 당한다. 맥주병으로 뒤통수를 맞고 쓰러진다. 태성, 병원 중환자실에 누워있다.

7. 용철 도서관에서 책을 뒤지고 있다. 자리에 책을 쌓아 놓고 읽고 있다. 임사체험, 종교와 신화, 샤머니즘, 최면술, 심령술 등에 관한 책들이다. 인터넷도 검색한다.

8. 여전히 중환자실의 태성, 밝은 햇살 이후 터널로 들어 간다. 이내 무시무시한 곳으로 빨려 들어간다. 격심한 고통 속에서 울고불고 한다.

9. 태성, 손가락이 움직이더니 이내 깨어난다. 일주일 간 의식불명 상태였다는 것을 알게 된다.

10. 태성, 퇴원 후 양아치 친구들과 여전히 어울리지만 예전과 같은 양아치 짓을 하지 못한다. 친구들 왜 그러느냐고 묻는다. 태성, 의식불명 상태에서 겪었던 일들을 이야기한다. 친구들은 무시한다.

11. 태성, 의식이 없는 동안 자신이 겪은 일을 인터넷에 올린다.

12. 용철, 약자를 위한 여러 사회운동에 참여한다. 봉사활동에도 열심이다.

13. 태성, 어느 중소기업에서 막노동 비슷한 일을 하고 있다. 양아치 친구들이 찾아와 예전과 같이 일하자고 하지만 태성은 거부한다. 그리고 현생의 나쁜 짓은 반드시 대가를 받는다고 말한다. 친구들은 무시한다.

14. 용철, 태성을 글을 읽게 된다. 태성의 공장을 찾아간다. 같이 담배 피우며 이야기한다.

15. 저녁 술집. 용철, 태성과 대화를 나누고 있다. 둘은 대화에 완전히 몰입되어 있다. 용철, 삶 이후의 삶에 대해 이야기 한다. 악행을 저지른 사람들이 가는 곳, 자살자들이 가는 곳, 선행을 행한 사람이 가는 곳을 상세히 묘사한다.(장면과 같이)

16. 술집에서 시간이 흐르고 태성은 펑펑 울고 있다.

17. 해 질 녘. 용철, 태성의 공장 근처 벤치에서 막걸리를 함께 마시고 있다. 선선한 바람이 불고 석양은 붉게 물들었다. 벤치에 앉은 그들의 뒷모습을 비춘다. 석양 속에 그들은 파묻혀 있다. 유장한 첼로 음악이 흘러나오고 영화는 끝이 난다.(2013년)

토끼와 빨래

| 발 행 | 1판 1쇄 인쇄 2018년 8월 20일 |
| | 1판 2쇄 발행 2018년 12월 20일 |

| 지은이 | 임규찬 |
| 발행인 | 유인경 |

디자인	석수정 류경진
편집	조종우 최영숙
홍보기획	이진호
인쇄	유신인쇄 이창섭

펴낸 곳	도서출판 함향
주소	부산광역시 동래구 금강공원로 27, 211호
출판등록	2018년 7월 26일 제2018-000007호
전화	051-808-6951
팩스	051-817-9847
메일	phil8741@naver.com

ISBN 979-11-964532-0-6   03810

이 도서의 국립중앙도서관 출판예정도서목록(CIP)은 서지정보유통지원시스템 홈페이지
(http://seoji.nl.go.kr)와 국가자료공동목록시스템(http://www.nl.go.kr/kolisnet)에서 이용하실
수 있습니다.(CIP제어번호: CIP2018024903)